16	3	2	13
5	10	11	8
9	6	7	12
4	15	14	1

Coleção LESTE

Vladímir Sorókin

DOSTOIÉVSKI-TRIP

Tradução e posfácio
Arlete Cavaliere

editora■34

EDITORA 34

Editora 34 Ltda.
Rua Hungria, 592 Jardim Europa CEP 01455-000
São Paulo - SP Brasil Tel/Fax (11) 3811-6777 www.editora34.com.br

Copyright © Editora 34 Ltda. (edição brasileira), 2014
Dostoevsky-trip © 1997 by Vladimir Sorokin
Tradução © Arlete Cavaliere, 2014

A FOTOCÓPIA DE QUALQUER FOLHA DESTE LIVRO É ILEGAL E CONFIGURA UMA
APROPRIAÇÃO INDEVIDA DOS DIREITOS INTELECTUAIS E PATRIMONIAIS DO AUTOR.

Título original:
Dostoevsky-trip

Capa, projeto gráfico e editoração eletrônica:
Bracher & Malta Produção Gráfica

Revisão:
Cide Piquet, Lucas Simone

1ª Edição - 2014 (1ª Reimpressão - 2020)

CIP - Brasil. Catalogação-na-Fonte
(Sindicato Nacional dos Editores de Livros, RJ, Brasil)

Sorókin, Vladímir, 1955

S724d   Dostoiévski-trip / Vladímir Sorókin;
tradução e posfácio de Arlete Cavaliere. —
São Paulo: Editora 34, 2014 (1ª Edição).
104 p. (Coleção Leste)

Tradução de: Dostoevsky-trip

ISBN 978-85-7326-561-3

    1. Teatro russo. I. Cavaliere, Arlete.
II. Título. III. Série.

CDD - 891.72

DOSTOIÉVSKI-TRIP

Dostoiévski-trip... 7

Posfácio, *Arlete Cavaliere* 75

Dostoiévski-trip

Um lugar com mobiliário modesto. Cinco homens e duas mulheres. Alguns deles estão sentados, outros estão de pé, outros estirados no chão. Estão tensos e esperam alguém.

HOMEM 1 (*olha o seu relógio*)
Mas que porqueira é essa! Dezessete minutos, já! Canalha!

HOMEM 2
Os tempos estão mudando para pior. Se dez anos atrás um vendedor atrasasse dezessete minutos... (*Balança a cabeça*) Alguma coisa aconteceria. E nada agradável.

MULHER 1
Está bem, está bem... ele já vai chegar...

HOMEM 3 (*meio deitado, apalpa as costas e se espreguiça com certa dificuldade*)
Ai... Tá começando a bater a fissura...

HOMEM 4 (*olha para ele com ar sombrio*)
Mas nós combinamos.

HOMEM 3
Tá bom, fico quieto, fico quieto...

HOMEM 2

Não posso... não posso mais... esperar! Mais cinco minutos e vou lá na esquina. Eu tenho o suficiente para uma dose...

HOMEM 5

Espere aí, nada de precipitação.

MULHER 2

Mas que esperar o quê?... Esperar?! (*Grita*) Seu viado! Estamos todos sofrendo por sua causa! Por causa de sua viadice!

HOMEM 5

Mas... ele vai chegar, sem falta, eu juro pra vocês...

MULHER 2

Chega! Eu vou embora! Nem mais um segundo!

MULHER 1

Cale a boca! Tudo isso já é bem repugnante sem os seus berros.

MULHER 2

Nem um segundo! Nem mais um segundo! Porra, seus viados, vão se foder! Vocês não queriam uma coisa nova? Cretinos! (*Anda em direção à porta*)

MULHER 1 (*dá-lhe uma bofetada*)

Cale a boca!

MULHER 2 (*senta no chão e chora*)

MULHER 1 (*pega a sua mão e a beija lentamente*)

Ele não vai nos oferecer nada de ruim. Conheço esse miserável já faz sete meses.

HOMEM 5

É um troço incrível... incrível! Cai superbem. Quer dizer... é uma coisa nova. Vamos ficar numa boa...

HOMEM 1

Então nem você provou? E como você sabe? Numa boa...

HOMEM 2

Acreditar de olhos fechados. Em nosso tempo. Difícil e contraditório. Isso. No mínimo. É leviano.

HOMEM 3

Não estou panicando, é claro que não, mas é preciso pensar bem — ou esperamos, ou inventamos alguma outra coisa...

HOMEM 5

Mas vamos esperar... um pouquinho mais... logo-logo ele chega...

HOMEM 4

Me arrependo de ter me metido com vocês.

HOMEM 1

Vá se foder! Não posso mais esperar! (*Levanta*)

MULHER 2 (*soluçando*)

Eu vou é procurar o meu Genet.

Dostoiévski-trip

HOMEM 1

E eu, o meu Céline! Nesta merda de cidade, ele é vendido em cada esquina!

HOMEM 5 (*se coloca diante da porta*)

Esperem... mas nós combinamos... Se vocês caem fora... tudo dança...

HOMEM 1

Mas não combinamos de ficar aqui plantados uma eternidade sem nenhuma dose!

MULHER 2

Eu já poderia estar lendo há um tempão!

Brigam com Homem 5. Homem 4 chega perto dele lentamente e afasta todos da porta, com força.

HOMEM 4

Eu não posso entender: por que todos que se ligam em Céline, Genet e Sartre são tão tensos?

HOMEM 1

Não é da sua conta, seu viado! (*Atira-se sobre Homem 4, mas, ao receber um soco na barriga, cai no chão*)

HOMEM 4 (*toca o seu ombro*)

Vou lhe dar um conselho: antes de consumir até os últimos nervos, largue o seu Céline e fique com Faulkner.

HOMEM 1 (*fazendo caretas de dor*)

Enfia no cu o seu Faulkner.

MULHER 1 (*com desprezo*)

Faulkner! A gente se liga nele e em um mês já está tão débil mental quanto você! Você sabe como chamam em Amsterdã aqueles que se ligam em Faulkner e Hemingway? Halterofilistas! Olhem só esse halterofilista! Porra! (*Geme*) Mas me deixem ir atrás de uma dose! Eu vou embora; vocês que fiquem aí esperando esse bosta desse vendedor, lendo até vomitar... Me deixem ir!

HOMEM 5

A gente tem que ser sete, sete pessoas, está me entendendo?... do contrário não vai rolar... sete e não menos... é um troço coletivo, de quinta geração... mas é o máximo... vocês vão me agradecer...

HOMEM 4 (*lentamente o pega pela gola da camisa*)

Eu pensei bem.

MULHER 2

Até parece que ele ainda é capaz de pensar!

HOMEM 4

E decidi o seguinte: se o vendedor não aparecer dentro de dez minutos...

HOMEM 1

Cinco minutos! Quatro minutos!

MULHER 1

Dois, porra! Seus filhos da puta!

HOMEM 4

Dentro de dez minutos. Pois então, se ele não aparecer,

é você (*sacode Homem 5*) quem vai descolar uma dose para cada um de nós. Entendeu?

HOMEM 5

Mas...

HOMEM 4

Entendeu ou não entendeu? Não ouvi.

HOMEM 5

Entendi...

HOMEM 2 (*em tom de censura*)

Meus amigos! Mas pra que transformar esse nosso encontro em algo... desagradável? Nós nos reunimos aqui por livre e espontânea vontade, quer dizer, para... conseguir... bem, quero dizer, um barato coletivo. Então vamos esperar tranquilamente para que todos, isto é, para que possamos chegar juntos até o fim. Então, vamos nos amar.

MULHER 2

Amar... vai se foder! Eu já estou sem uma dose há duas horas, e ele quer... amar!

HOMEM 2

O amor faz milagres.

HOMEM 3

Mas com o que ele está pirando?

MULHER 1

Tolstói?

HOMEM 1 (*malicioso*)

Uma porcaria qualquer. Deus me livre e guarde! Tolstói! (*Ri*) Me dá arrepios só de pensar.

HOMEM 2

Não gostou, meu caro?

HOMEM 1

Não gostei? (*Ri*) Como é que se pode gostar disso? Tolstói! Há três anos, eu e um cara descolamos uma grana, e então demos uma boa relaxada em Zurique: primeiro Céline, Klossowski, Beckett, e depois como sempre algo mais leve: Flaubert, Maupassant, Stendhal. E no dia seguinte eu já acordei em Genebra. Mas em Genebra a situação já era bem diferente de Zurique.

Todos concordam acenando com a cabeça.

HOMEM 1

Não espere muita variedade em Genebra. Vou caminhando e vejo uns negros. Chego perto do primeiro: Kafka, Joyce. Depois do segundo: Kafka, Joyce. Do terceiro: Kafka, Joyce, Thomas Mann.

Todos fazem caretas.

HOMEM 1

Como sair dessa fissura? Será que nem Kafka? Chego perto do último: Kafka, Joyce, Tolstói. O que é isto, pergunto? Uma coisa sensacional, ele diz. Então levei. No início, nada de especial. No gênero Dickens ou Flaubert com Thackeray. Depois ficou bom, bom mesmo, um barato, tão forte, intenso, potente, porra; mas no final, uma merda! Que merda! (*Faz careta*) Nem mesmo Simone de Beauvoir me deixou tão na merda como Tolstói. Saí me arrastando pela rua e peguei um Kafka. Melhorei um pouco. Fui ao aeroporto e em Londres, o nosso consagrado coquetel: Cervantes com Huxley — uma bomba! Depois um pouco de Boccaccio, um pouco de Gógol e saí dessa são e salvo!

HOMEM 2

Meu amigo. Provavelmente lhe deram uma falsificação.

MULHER 1

O verdadeiro é ainda pior.

HOMEM 3

É verdade. Apesar de que Thomas Mann é uma merda também. Como meu fígado doeu depois dele.

HOMEM 1

Uma metade de Kharms e ele melhora.

HOMEM 3

Bem, com Kharms tudo cai bem. Até Górki.

HOMEM 4

Quem é que se lembrou de Górki?

HOMEM 3

Eu? E daí?

HOMEM 4

Não me fale dessa merda. Fiquei com ele uns seis meses.

MULHER 1

Por que diabos?

HOMEM 4

Eu não tinha dinheiro. Então fiquei com aquela merda mesmo.

MULHER 1

Sinto muito.

HOMEM 4

E por acaso você não está curtindo Tchékhov?

MULHER 1 (*contorcendo-se penosamente*)
Não. Nabókov.

Todos olham para ela.

MULHER 2

Mas é absurdamente caro!

MULHER 1

Mas eu tenho condições.

MULHER 2

E de que jeito. Você. Da fissura. Sai?

MULHER 1

É meio difícil. No início é melhor meia dose de Búnin, depois meia dose de Biéli, e no final um quarto de Joyce.

MULHER 2

Ah! Nabókov! É absurdamente caro (*balança a cabeça*). Supercaro. Com uma dose de Nabókov a gente pode comprar umas quatro de Robbe-Grillet e umas dezoito de Nathalie Sarraute. Simone de Beauvoir, então...

HOMEM 4

Pois é, Faulkner é o melhor de todos. Sabem com quem se sai da fissura? Com Faulkner.

Todo mundo ri.

HOMEM 4

Mas o que é tão engraçado?

A porta se abre. O vendedor entra com uma capa rasgada e uma maleta na mão.

VENDEDOR (*fala de modo carrancudo, respirando com dificuldade*)

Puta que o pariu... (*Coloca a maleta na mesa, senta e examina a sua capa*) Malditos porcos... Andar tranquilo por esta cidade se tornou um problema. Um puta problema.

HOMEM 4

Batida policial?

VENDEDOR

Pior.

HOMEM 1

O que pode ser pior do que uma batida policial?

HOMEM 3 (*aproxima-se e toca a mala*)

Vinte e quatro horas enclausurado sem uma dose sequer.

VENDEDOR (*dá um tapinha em sua mão*)

Eu nunca me atraso com meus clientes. Nunca. Saí de casa como previsto — quinze pras quatro. Uma multidão de mulheres caminhava pela minha rua com um cartaz: O HO-

MEM É UM ANIMAL COM UM CHIFRE ENTRE AS PERNAS. Passo por elas e consigo dobrar a esquina. Dou de cara com uma multidão de homens vindo em minha direção com um cartaz: A MULHER É UMA VASILHA PARA O ESPERMA DO HOMEM. Não havia por onde escapar novamente. Fiquei prensado entre eles, numa esquina. Bem (*ele toca sua capa rasgada*)... o mais importante é que a mercadoria está intacta... (*Abre a maleta sem pressa. Todos rodeiam a mesa. O conteúdo da mala é iluminado do interior com uma luz azulada: são pilhas de frascos com pílulas enfileirados. Nos frascos estão escritos nomes de escritores*)

MULHER 2
Mas isso aí... bem...

VENDEDOR
O quê?

MULHER 2
Não... não, nada...

VENDEDOR
Muito bem, vocês encomendaram um troço coletivo. Existem quatro novidades. Primeira (*pega um frasco*). Edgar Poe. É muito forte. Mas é difícil sair dessa. Só através de Chólokhov e Soljenítsin.

Todos fazem caretas de nojo.

MULHER 1
Por nenhum dinheiro do mundo.

Dostoiévski-trip

VENDEDOR

Segunda. Alexandre Dumas. O barato é suave, mas duradouro. A gente calcula por... quantos vocês são?

HOMEM 5

Sete... somos... sete.

VENDEDOR (*surpreso*)

Sete?

HOMEM 5

É, sete. O resto... tem dificuldades financeiras...

VENDEDOR

Mas por que é que vocês estão mudos como um bando de mulas? Sete? Mas foi pra doze pessoas que vocês encomendaram! Dumas é pra doze. Rabelais geralmente para trinta e seis. Platónov para dezesseis. Sete! Para sete eu não tenho nada... Ah, olha aqui o que eu tenho para sete. Dostoiévski.

MULHER 2

Dostoiévski?

HOMEM 3

Mas... o que é isso?

VENDEDOR

É o máximo. Uma das últimas descobertas. E ainda por cima é fácil sair dela: através de Hamsun.

Todos suspiram aliviados.

HOMEM 5

E o preço?

VENDEDOR

Preço normal.

MULHER 2

Mas talvez... vamos comprar o nosso de sempre?

MULHER 1

Você ainda vai ter muito tempo para curtir o de sempre.

HOMEM 4

Não foi pra isso que nos reunimos aqui.

HOMEM 1

Mas quem sabe o que é Dostoiévski? Vai ver que é uma merda tipo Górki!

VENDEDOR

Bem, é o seguinte: não costumo oferecer merda aos meus clientes. Vejam bem, ou vocês pegam ou eu vou embora. Ainda tenho três entregas.

HOMEM 5

E aí, vamos pegar?

VENDEDOR

Vocês vão ler e depois vão correr atrás de mim para uma segunda dose. E ainda vão me dizer "obrigado".

HOMEM 4

Vamos ficar com o Dostoiévski.

Todos tiram o dinheiro e entregam ao vendedor. O vendedor abre um frasco e coloca um comprimido na boca de cada um.

VENDEDOR

Boa viagem.

TODOS

Felicidades pra quem fica.

Todos os sete caem no espaço do romance O idiota *de Dostoiévski e se tornam personagens do romance. Uma grande sala de visitas mobiliada luxuosamente. Aí se encontram Nastácia Filíppovna, o príncipe Mychkin, Gânia Ívolguin, Vária Ívolguina, Liébedev e Ippolit.*

NASTÁCIA FILÍPPOVNA

Príncipe, eis aqui velhos amigos que desejam me casar. Diga-me, o que você acha: devo ou não me casar? Farei o que me disser.

PRÍNCIPE MYCHKIN

Com... com quem?

NASTÁCIA FILÍPPOVNA

Com Gavrila Ardaliónovitch Ívolguin.

PRÍNCIPE MYCHKIN

Não... não se case!

NASTÁCIA FILÍPPOVNA

Então, assim será! Gavrila Ardaliónovitch! Ouviu bem o que decidiu o príncipe? Pois essa é a minha resposta. E assim o caso está encerrado de uma vez por todas!

IPPOLIT

Nastácia Filíppovna!

LIÉBEDEV

Nastácia Filíppovna!

NASTÁCIA FILÍPPOVNA

Mas o que há com vocês, senhores? Por que estão tão alarmados? E que cara vocês têm!

IPPOLIT

Mas... lembre-se, Nastácia Filíppovna, você... prometeu... de livre e espontânea vontade...

LIÉBEDEV

E tudo vai acabar assim! Isso não está certo!

NASTÁCIA FILÍPPOVNA

Eu queria, senhores, lhes contar a minha história. Pois então, ela foi contada. Não é boa? E por que os senhores dizem que "não está certo"? Vocês ouviram, eu disse ao príncipe: "farei o que me disser". Se ele tivesse dito "sim", eu aceitaria imediatamente, mas ele disse "não", então eu recusei. Toda minha vida esteve por um fio: o que pode haver de mais sério?

LIÉBEDEV

Mas o príncipe... Por que justo o príncipe?

NASTÁCIA FILÍPPOVNA

O príncipe foi o primeiro em toda a minha vida em quem pude confiar como um homem verdadeiramente leal. Ele acreditou em mim no primeiro olhar, e eu acredito nele.

GÂNIA ÍVOLGUIN

A mim me resta apenas agradecer a Nastácia Filíppovna pela extraordinária delicadeza com a qual ela... se portou para comigo. É... é claro que deveria ser... Mas... o príncipe... o príncipe nessa história...

NASTÁCIA FILÍPPOVNA

Ele está de olho nos setenta e cinco mil, é isso? Foi isso que você quis dizer? Não tente negar, foi isso mesmo que você quis dizer!

VÁRIA ÍVOLGUINA

Será que não há ninguém capaz de tirar essa desavergonhada daqui?

NASTÁCIA FILÍPPOVNA

É a mim que chamam de desavergonhada? Veja como a sua irmãzinha me trata, Gavrila Ardaliónovitch!

GÂNIA ÍVOLGUIN (*agarra a irmã pelo braço*)

O que você fez?

VÁRIA ÍVOLGUINA

O que eu fiz? Será que eu deveria lhe pedir perdão?

Vária tenta desvencilhar o braço, mas Gânia a segura firmemente. Inesperadamente, Vária cospe em seu rosto.

NASTÁCIA FILÍPPOVNA

Veja só que menina! Bravo!

Gânia ergue o braço contra a irmã, mas o príncipe o interrompe, colocando-se entre os dois.

PRÍNCIPE MYCHKIN
Basta, já chega!

GÂNIA ÍVOLGUIN
Mas será que você vai estar sempre no meu caminho? (*Dá uma bofetada no príncipe*)

PRÍNCIPE MYCHKIN (*sorri de modo estranho e doloroso*)
Bem, a mim pouco importa... mas ela... apesar de tudo não permitirei! (*Pausa*) Ah, como você vai se envergonhar desse seu gesto.

NASTÁCIA FILÍPPOVNA (*aproxima-se do príncipe e o olha com atenção*)
É verdade, eu vi o seu rosto em algum lugar.

Ouvem-se golpes na porta.

NASTÁCIA FILÍPPOVNA
Aí vem o desfecho! Até que enfim! Onze e meia.

Entra Rogójin segurando algo pesado embrulhado em jornal. Aproxima-se da mesa e coloca o objeto na borda.

NASTÁCIA FILÍPPOVNA
O que é isso?

ROGÓJIN
Cem mil.

NASTÁCIA FILÍPPOVNA
Pois ele manteve mesmo a palavra... (*Ela se aproxima, pega o pacote, olha e o joga na mesa*) Isto aqui, senhores, são cem mil. Bem aqui, neste maço sujo. Há pouco ele gritou

Dostoiévski-trip

como louco que à noite me traria cem mil, e eu o esperei todo esse tempo. Ele me negociou: começou com dezoito mil e depois de repente pulou para quarenta, e depois para estes cem mil que aqui estão. Manteve a palavra! Credo, como ele está pálido. (*Olha para Rogójin*) Ele me avaliou em cem mil! Gânia, vejo que você ainda está zangado comigo, não é mesmo? Mas será que você realmente queria que eu entrasse para sua família? Eu? Uma cria de Rogójin? Não foi isso o que disse o príncipe agora mesmo?

PRÍNCIPE MYCHKIN

Eu não disse que você é uma cria de Rogójin. Você não é uma dessas.

NASTÁCIA FILÍPPOVNA (*aproxima-se de Gânia*)

Mas como é que você poderia ter me aceitado, sabendo que o general me daria pérolas como essas aqui, justamente na véspera do seu casamento, e que eu as aceitaria? E Rogójin, então? Pois ele veio me negociar em sua casa, diante de sua mãe e da sua irmã, e você depois de tudo isso veio me pedir em casamento e ainda por cima trouxe a sua irmã?

VÁRIA ÍVOLGUINA

Meu Deus! Deixem-me sair daqui... (*cobre o rosto com as mãos*)

NASTÁCIA FILÍPPOVNA

Mas será que é verdade mesmo o que Rogójin disse a seu respeito? Que você se arrasta pelo chão na ilha Vassílievski por três rublos?

ROGÓJIN

Se arrasta, sim.

NASTÁCIA FILÍPPOVNA

Se ao menos você morresse de fome, mas dizem que você recebe um bom salário! E ainda por cima, apesar dessa vergonha toda, trazer para casa uma esposa abominável! Porque você me odeia, eu sei! Não, agora eu acredito que um tipo desses pode matar por dinheiro! E agora, dominados por tamanha sede de dinheiro, parecem todos atordoados. Mesmo uma criança já está pronta a se tornar um usurário! Nãaao! É bem melhor ficar longe de vocês, ficar na rua, onde devo estar! Ou me divertir com Rogójin, ou amanhã me tornar uma lavadeira! Porque eu mesma não tenho nada, tudo é deles! E quem me tomaria assim, sem nada, pergunte então a Gânia, ele o faria? Nem mesmo Liébedev o faria!

LIÉBEDEV

Liébedev talvez não a tomasse, Nastácia Filíppovna, sou sincero. Mas em compensação, o príncipe, sim!

NASTÁCIA FILÍPPOVNA

Verdade?

PRÍNCIPE MYCHKIN

É verdade.

NASTÁCIA FILÍPPOVNA

Assim como sou, sem nada?

PRÍNCIPE MYCHKIN

Sim, Nastácia Filíppovna...

NASTÁCIA FILÍPPOVNA (*olha-o atentamente*)

E ainda mais um! Um benfeitor... Com que viveria, se está tão apaixonado que aceitaria até uma cria de Rogójin?

Dostoiévski-trip

PRÍNCIPE MYCHKIN
Uma mulher honesta, não uma do tipo Rogójin.

NASTÁCIA FILÍPPOVNA
Eu, honesta?

PRÍNCIPE MYCHKIN
Sim, você.

NASTÁCIA FILÍPPOVNA
Ora, isso é... coisa de romances! Meu caro príncipe, são sonhos do passado; hoje o mundo mudou, tudo isso é tolice! E como é que pretende se casar? Do que precisa é de uma enfermeira para cuidar de você!

PRÍNCIPE MYCHKIN (*muito agitado*)
Eu... não sei de nada, Nastácia Filíppovna, nada vi e você tem razão, mas eu... eu considero que é você quem me dá essa honra, e não eu. Eu não sou nada. Mas você sofreu e saiu pura desse inferno. Eu... a amo. Por você eu morreria. Eu não permitirei que ninguém diga uma só palavra a seu respeito... Se formos pobres, eu vou trabalhar, Nastácia Filíppovna...

Liébedev e Ippolit riem.

VÁRIA ÍVOLGUINA
Eu suplico, levem-me daqui!

PRÍNCIPE MYCHKIN
Mas, talvez, não seremos pobres, e sim muito ricos... Aliás, não sei exatamente, pois recebi na Suíça uma carta de Moscou, de um tal senhor Salazkin, e ele me informa que, ao

que parece, receberei uma herança muito grande. Eis aqui a carta.

LIÉBEDEV

Você disse... de Salazkin? Ele é um homem muito conhecido em seu meio. E se é ele mesmo quem lhe informa, então pode acreditar sem dúvida alguma. Felizmente, conheço sua caligrafia, pois não faz muito tempo tive um assunto... Permita-me dar uma olhada!

O príncipe mostra-lhe a carta.

IPPOLIT

Será verdade mesmo essa herança? É uma loucura!

LIÉBEDEV

Perfeitamente! (*Devolve a carta ao príncipe*) Sem sombra de dúvida você vai receber um milhão e meio, de acordo com o testamento irrefutável de sua tia!

IPPOLIT

Vejam só o príncipe Mychkin! Viva!

GÂNIA ÍVOLGUIN (*sem olhar para ninguém*)

E eu que ontem lhe emprestei vinte e cinco rublos. Fantástico.

VÁRIA ÍVOLGUINA (*para Gânia*)

Levem-me daqui, eu suplico!

GÂNIA ÍVOLGUIN

Me largue.

IPPOLIT

Viva! (*Começa a tossir muito forte e de modo penoso, o sangue escorre de sua boca*)

NASTÁCIA FILÍPPOVNA

Coloque-o na poltrona.

PRÍNCIPE MYCHKIN

Deem-lhe água!

Acomodam Ippolit em uma grande poltrona.

IPPOLIT (*retoma a respiração com dificuldade*)

Não... água não... me deem champanhe...

PRÍNCIPE MYCHKIN

De jeito nenhum. Você não pode tomar champanhe.

IPPOLIT

Príncipe... restam-me duas semanas de vida... pelo menos é o que dizem os nossos brilhantes médicos... e eu mesmo sei o que posso e o que não posso fazer nessas duas semanas. Champanhe! E então?!

Oferecem uma taça de champanhe a Ippolit.

IPPOLIT

Príncipe... Parabéns! (*Bebe e joga a taça no chão*)

NASTÁCIA FILÍPPOVNA

Quer dizer que de fato sou princesa... um desfecho inesperado...

GÂNIA ÍVOLGUIN

Príncipe, pense bem.

NASTÁCIA FILÍPPOVNA

Não, Gânia! Eu agora sou princesa, está me ouvindo? O príncipe jamais me ofenderá! O que você pensa, é vantajoso ter um marido como esse? Um milhão e meio e ainda príncipe! E dizem que ainda por cima é idiota! O que pode ser melhor? Só agora é que começa a verdadeira vida! Chegou atrasado, Rogójin! Tire o seu pacote daqui, vou me casar com o príncipe e serei mais rica do que você!

ROGÓJIN (*ao príncipe*)

Deixe-a!

Liébedev e Nastácia Filíppovna riem.

IPPOLIT (*fala com esforço*)

É para você que ele deve deixá-la? Vejam só... ele chegou... jogou o dinheiro na mesa... o mujique. O príncipe a quer como esposa... e você veio arrumar confusão...

ROGÓJIN

Sou eu que quero! Agora mesmo, neste minuto! Darei tudo...

IPPOLIT

Leve-o para fora daqui, esse mujique bêbado...

ROGÓJIN

Deixe-a, príncipe! Darei tudo!

NASTÁCIA FILÍPPOVNA

Está ouvindo, príncipe, como o mujique negocia a sua noiva?

PRÍNCIPE MYCHKIN

Ele está bêbado. Ele a ama muito!

NASTÁCIA FILÍPPOVNA

E depois você não vai se envergonhar porque sua noiva por pouco não se foi com Rogójin?

PRÍNCIPE MYCHKIN

É porque você tinha febre. E agora também você está com febre, é como um delírio.

NASTÁCIA FILÍPPOVNA

E também não se envergonhará, quando lhe disserem que sua mulher foi amante de Totski?

PRÍNCIPE MYCHKIN

Não sentirei vergonha. Você não viveu com Totski por vontade própria.

NASTÁCIA FILÍPPOVNA

E nunca irá me reprovar por isso?

PRÍNCIPE MYCHKIN

Nunca.

NASTÁCIA FILÍPPOVNA

Mas, veja, não pode se comprometer por toda a vida!

PRÍNCIPE MYCHKIN

Nastácia Filíppovna, há pouco eu lhe disse que é você

que me confere essa honra, e não eu a você. Diante dessas palavras você sorriu, e ao redor, eu ouvi, todos riram. Talvez eu tenha me expressado de modo risível, e posso mesmo ter sido ridículo. Mas tive sempre a impressão de que eu... compreendo bem o que é a honra. E estou certo de que disse a verdade. Não é possível que sua vida esteja arruinada para sempre. Pouco importa que Rogójin veio à sua casa e que Gavrila Ardaliónovitch tentou enganá-la. Por que você insiste em se lembrar disso o tempo todo? Ora, poucos são capazes de fazer o que você fez, volto a repetir. Há pouco olhei o seu retrato e logo reconheci um rosto familiar. Imediatamente me pareceu como se você... tivesse me chamado... Eu... eu vou lhe respeitar por toda a vida, Nastácia Filíppovna.

GÂNIA ÍVOLGUIN (*a meia-voz*)
Um homem culto, mas perdido...

VÁRIA ÍVOLGUINA
Vamos embora daqui, eu lhe peço, vamos embora! Eu lhe peço como irmã!

GÂNIA ÍVOLGUIN
Já disse: deixe-me em paz.

NASTÁCIA FILÍPPOVNA
Obrigada, príncipe. Até hoje ninguém falou assim comigo. Todos queriam apenas me comprar, e nenhuma pessoa de bem jamais me pediu em casamento. Gânia! O que você acha de tudo o que o príncipe disse? Pois parece quase indecente... Rogójin! Espera, antes de sair. Quem sabe eu ainda partirei com você? Para onde você quer me levar?

ROGÓJIN (*perplexo*)
Para... Ekateringof.

Dostoiévski-trip

IPPOLIT (*muito agitado*)

Mas o que há com você... Nastácia Filíppovna! Você... enlouqueceu?!

NASTÁCIA FILÍPPOVNA (*às gargalhadas*)

E você acreditou mesmo? E arruinar uma criança como essa? Isso é coisa para o Totski! Ele é que gosta de crianças! Vamos, Rogójin! Prepare o seu pacote!

LIÉBEDEV

Isto aqui é Sodoma! Sodoma!

IPPOLIT

Nastácia Filíppovna!

PRÍNCIPE MYCHKIN

Não, não!

NASTÁCIA FILÍPPOVNA

Príncipe, eu também sou orgulhosa, pouca importa se sou uma desavergonhada! Há pouco me disse que sou perfeita. Bela perfeição é essa que se gaba por ter desprezado um milhão e meio e o título de princesa para ir se enfiar em um buraco qualquer! Mas como posso ser sua mulher depois de tudo isso? E então, Rogójin? Prepare-se, vamos!

ROGÓJIN

Vamos! Ei, vocês aí... vinho! Viva!

NASTÁCIA FILÍPPOVNA

Abasteçam a reserva de vinho, quero beber! E música, vai ter ou não?

ROGÓJIN

Claro que vai, claro! (*Protege Nastácia Filíppovna atrás de si*) Não se aproximem! Ela é minha! Toda minha! Minha rainha! Fim!

NASTÁCIA FILÍPPOVNA (*rindo*)

Mas por que está berrando dessa maneira? Ainda sou a dona da casa! Se quiser ponho você para fora a pontapés! Ainda não peguei o seu dinheiro, está tudo aí. Me dê aqui o pacote todo. (*Rogójin entrega o pacote*) Estão nesse pacote os cem mil? Ah, que indecência! Olhe aqui, príncipe, sua noiva pegou o dinheiro porque ela é uma depravada. E você me queria como esposa. Mas por que está chorando? É triste, não? Mas você deveria rir. Dê tempo ao tempo — tudo passa. É melhor mudar de ideia agora do que depois. Nunca seríamos felizes... É melhor nos despedirmos como bons amigos, pois eu mesma também sou uma sonhadora. Será que não sonhei com você? Você tem razão, faz tempo que sonho com você, mesmo quando ainda vivia na casa de Totski. Por vezes a gente pensa, a gente sonha, sonha... E eis que aquele que imaginei, assim como você, bondoso, honesto, generoso, chega de repente e me diz: "Você não é culpada, Nástenka, e eu adoro você!". E às vezes a gente se entrega de tal forma aos sonhos que até pode enlouquecer... E então chega Totski, e me desonra, me ofende, se exalta, me deprava e se vai — mais de mil vezes tive vontade de me jogar no lago, mas fui vil, e não tive coragem, bem, e agora... Rogójin, você está pronto?

ROGÓJIN

Tudo pronto! Não se aproximem!

IPPOLIT (*tosse com dificuldade*)

Não a deixem... não permitam...

Dostoiévski-trip

LIÉBEDEV

As troicas com sininhos estão à espera! Estão lá, dá para ver pela janela, estão lá, bem na entrada!

PRÍNCIPE MYCHKIN

Nastácia Filíppovna!

ROGÓJIN

Para trás! Todos para trás! Eu mato vocês!

NASTÁCIA FILÍPPOVNA (*vai em direção à porta com o pacote nas mãos, mas de repente para e olha o pacote*)

Gânia, tive uma ideia. Quero recompensar você. Rogójin, ele se arrastaria até Vassílievski por três rublos?

ROGÓJIN

Claro que sim!

NASTÁCIA FILÍPPOVNA

Então, ouça bem, Gânia. Quero olhar a sua alma pela última vez. Faz três meses que você me atormenta, agora é a minha vez. Está vendo este pacote? Aqui há cem mil. Agora mesmo vou jogá-lo na lareira, no fogo! Logo que o fogo o envolver completamente, atire-se na lareira, mas sem as luvas, com as mãos nuas, e retire o pacote do fogo! Tire o pacote — e será seu! Os cem mil! Todos são testemunhas de que o pacote será seu! E eu vou admirar a sua alma por você se atirar no fogo para pegar o meu dinheiro! Se não fizer isso, tudo vai queimar! Não deixo ninguém mais pegar! Meu dinheiro! É meu o dinheiro, Rogójin?

ROGÓJIN

É seu, meu bem! Seu, minha rainha!

34   Vladímir Sorókin

NASTÁCIA FILÍPPOVNA

Então, todos para trás! Não atrapalhem! Liébedev, toque fogo!

LIÉBEDEV

Nastácia Filíppovna, eu não consigo!

Nastácia Filíppovna pega as tenazes da lareira, espalha o carvão e joga o pacote na lareira.

IPPOLIT

Segurem! Façam-na parar!

VÁRIA ÍVOLGUINA

Não, não, não! Corra, Gânia!

LIÉBEDEV (*ajoelha-se diante de Nastácia Filíppovna*)

Mãezinha! Minha rainha! Todo-poderosa! Cem mil! Cem mil! Ordene que me atire no fogo: me jogarei por inteiro, a minha cabeça grisalha lançarei às chamas! Uma mulher doente, aleijada, treze crianças — todos órfãos, meu pai enterrei na semana passada — morto de fome! (*Lança-se em direção à lareira*)

NASTÁCIA FILÍPPOVNA (*afasta-o com o pé*)

Para trás! Gânia, por que está aí parado? Não se intimide! Vamos! É a sua felicidade!

Gânia olha atônito o embrulho em chamas.

ROGÓJIN

É uma rainha! Do jeito que a gente gosta! Então, quem de vocês, seus canalhas, faria uma dessas?

Dostoiévski-trip

NASTÁCIA FILÍPPOVNA

Gânia, o dinheiro vai queimar! Você se enforcará depois, não estou brincando!

LIÉBEDEV

Está pegando fogo, pegando fogo!

IPPOLIT

Segurem! Eu suplico! Segurem-na!

VÁRIA ÍVOLGUINA

Vou morrer agora! Meu Deus, por que tudo isso?!

LIÉBEDEV

Vá lá! Vá, seu maldito imbecil! Está pegando fogo! Pegando fogo!

GÂNIA ÍVOLGUIN

Não, não, não, não!

NASTÁCIA FILÍPPOVNA

Está pegando fogo! Pegando fogo! Pegando fogo!

ROGÓJIN

Eu te amo! Te amo! Rainha!

IPPOLIT

Morte! Morte!

VÁRIA ÍVOLGUINA

Ajude-o! Ajude-o!

LIÉBEDEV

Vou tirá-lo do fogo com os dentes! Vou me arrastar na lama de joelhos!

PRÍNCIPE MYCHKIN

Deus meu! Como essa gente é infeliz!

LIÉBEDEV

De joelhos! Na imundice! Vou me arrastar como um verme!

NASTÁCIA FILÍPPOVNA

Está pegando fogo! Tudo está pegando fogo! Tudo está pegando fogo!

IPPOLIT

Estou morrendo! Vou morrer, vou morrer logo!

ROGÓJIN

Eu te amo, minha rainha! Mais do que a própria vida!

VÁRIA ÍVOLGUINA

Peço-lhe como irmã — socorro!

GÂNIA ÍVOLGUIN

Não! Não! Não!

NASTÁCIA FILÍPPOVNA

Tudo vai queimar! Tudo vai queimar! Tudo!

ROGÓJIN

Rainha! Eu te amo! Arrebentarei o meu peito! Te darei o meu coração!

GÂNIA ÍVOLGUIN

Não! Não! Não! Queimem cem mil! Duzentos! Trezentos! Um milhão! Um bilhão! Tanto faz, eu terei mais! Mais! Mais!

PRÍNCIPE MYCHKIN

Como todos eles são infelizes! Meu Deus, que gente infeliz!

VÁRIA ÍVOLGUINA

Só o amor de uma irmã é eterno! Só o amor de uma irmã!

LIÉBEDEV

Vou me arrastar na sujeira como um verme, vou beijar e lamber os seus pés! Limparei o chão com a língua, vou pular como um bufão e rastejar como um verme!

IPPOLIT

Para vocês tanto faz se vou morrer logo! Vocês são uma gentalha sem piedade, sem coração! E eu vou morrer logo! Restam-me duas semanas!

NASTÁCIA FILÍPPOVNA

Que tudo queime! Que todo o dinheiro do mundo queime! Rublos, dólares, francos, marcos, ienes e xelins!

ROGÓJIN

Eu te amo! Eu te amo! Todas as mulheres do mundo estão em você! Eu as sinto! Eu as conheço! Eu as desejo!

VÁRIA ÍVOLGUINA

O amor de uma irmã! O amor puro e santo! Desinteressado! Não se pode vender e nem comprar! É mais caro que tudo no mundo! É eterno e infinito!

PRÍNCIPE MYCHKIN

Sofrimento e dor! A dor do mundo! Eis o que nos salvará! Ouçam, ouçam a dor dos órfãos e dos miseráveis! A dor dos humilhados e ofendidos!

LIÉBEDEV

Por um mísero tostão atirado por um ricaço eu rastejaria na lama! Vou me contorcer como um verme, e grunhir como um porco! Vou dançar e chorar, gargalhar e cantar!

IPPOLIT

A morte! É a coisa mais terrível do mundo! Não há mais nada terrível do que a morte! Tenho tuberculose, estou morrendo, restam-me apenas duas semanas!

GÂNIA ÍVOLGUIN

Vou ter muito dinheiro! Terei milhões de milhões, bilhões e bilhões!

NASTÁCIA FILÍPPOVNA

Vou queimar todo o dinheiro! Todos os caixas e bancos! Todas as Casas da Moeda do mundo!

GÂNIA ÍVOLGUIN

Construirei um castelo no topo do Everest! Lá onde há apenas gelo e nuvens! Será o castelo mais caro do mundo! Suas fundações serão de platina! As paredes, de brilhantes e esmeraldas! O teto de ouro e rubis! Todas as manhãs sairei para o terraço de jade de meu castelo e lançarei pedras preciosas às pessoas! E as pessoas vão apanhá-las embaixo e gritar: "Glória a você, Gânia Ívolguin, o homem mais rico do mundo!".

ROGÓJIN

Eu quero todas as mulheres do mundo! Eu as sinto! Eu as conheço e amo cada uma delas! Tenho que fecundar todas elas! Esse é o objetivo da minha vida! Meu caralho divino reluz na escuridão! Meu esperma borbulha como lava! Ele é suficiente para todas as mulheres do mundo! Tragam-me as mulheres! Eu fecundarei todas elas. Todas! Todas!

NASTÁCIA FILÍPPOVNA

Vou construir uma máquina extraordinária, perfeita! Como um gigante de aço, ela vai andar pela terra e incendiar! Andar e incendiar! Eu vou dirigir a minha máquina! Vou incendiar cidades e aldeias! Florestas e campos! Rios e montanhas!

PRÍNCIPE MYCHKIN

Tenho 3.265.150 nervos em meu organismo! Que se amarre a cada um deles uma corda de violino! 3.265.150 cordas de violino vão ligar o meu corpo a todas as partes do mundo! Que 3.265.150 crianças órfãs peguem 3.265.150 arcos de violino e façam vibrar as cordas! Ah, a Dor do Mundo! Ah, a música do sofrimento! Ah, essas mãos finas das crianças! Ah, os meus nervos tensos! Toquem, toquem em mim todos os órfãos desgraçados, todos os humilhados e ofendidos! E que a vossa dor seja a minha Dor!

VÁRIA ÍVOLGUINA

Eu alçarei voo a bordo de uma maravilhosa nave chamada *O Amor da Irmã*! Ela será prateada e transparente, leve como o ar e resistente como um diamante! Subirei aos céus, acima da infâmia e da baixeza do mundo, e gritarei ao mundo todo: "Queridas irmãs! Irmãs inocentes! Irmãs que possuem o Amor Desinteressado das Irmãs! Venham a mim! Eu conduzirei vocês do mundo do mal para o mundo do Bem e da Luz!". E elas chegarão e esperarão embaixo! E eu lhes farei baixar uma escada de prata! E elas virão a mim!

LIÉBEDEV

Eu me transformarei em um enorme porco de aço! Minhas patas dianteiras serão como as de uma toupeira! Vou andar sob a terra e apenas à noite subirei à superfície para devorar os excrementos do mundo! Vou envolver a Terra com uma rede de galerias subterrâneas! À noite vou devorar os lixos e sugar os esgotos! E sob a minha pele de aço vai se acumular uma densa gordura de porco! E apenas a minha língua se manterá humana, macia, rosada e úmida! Durante o dia, digerindo os excrementos, mostrarei na superfície apenas a língua para lamber as solas dos condes e príncipes, marqueses e barões.

IPPOLIT

Eu vou enganar a morte! Vou contratar os melhores cientistas do mundo para que eles criem um Novo Eu! Um novo, eterno Ippolit! Ah, será uma obra grandiosa! Ela será realizada por 165 institutos científicos sob a direção de 28 acadêmicos laureados pelo prêmio Nobel! Dentro das duas semanas que restam ao meu corpo putrefato, eles vão fabricar um Novo Corpo Eterno de Ippolit Terentiev! Ele será constituído dos materiais mais sólidos e mais resistentes! Tão luminoso como o sol! E será forte e jovem! Raios de Alegria e de Otimismo vão irradiar em todas as direções! E quando meu velho corpo estremecer em agonia mortal, os melhores neurocirurgiões do mundo vão extrair o meu Cérebro Excepcional do velho corpo e o colocarão no Novo! E eu me levantarei e levarei o velho corpo de Ippolit Terentiev em minhas próprias mãos, novas e fortes, e às gargalhadas o lançarei dentro da bocarra da velha mulher-morte! E, quando os seus dentes amarelos mastigarem meu velho corpo, eu, Jovem e Eterno, vou gargalhar e cuspir na sua cara sem olhos! Gargalhar e cuspir!

GÂNIA ÍVOLGUIN

Ei, gentalha aí embaixo! Peguem, peguem os brilhantes e as esmeraldas! Peguem as safiras e os rubis! Ah, como eles reluzem sob os raios do sol da aurora! Reluzem e caem! E lá embaixo essa gentalha os recolhe como formigas! (*Lança as pedras*) Na mão esquerda os brilhantes! Na direita as esmeraldas! Ha-ha-ha!

NASTÁCIA FILÍPPOVNA

Meu Deus, que prazer queimar isso tudo! Como é maravilhoso quando o fogo me obedece! Que animal encantador e furioso! Como ele se submete à sua senhora! Eu lhe mostro uma nova cidade e ordeno — atacar! E ele se precipita adiante! Ardam, ardam cidades e aldeias! Ardam, ardam florestas e campos!

ROGÓJIN

Ah, como é doce fecundar países e continentes inteiros! Tenho esperma suficiente para todos! Meu caralho queima como uma chama azul! Hoje vou foder mulheres da Austrália, amanhã mulheres do México, depois de amanhã, da Indonésia! Venham, venham a mim milhões de mulheres nuas! Eu amo vocês! Eu quero vocês! Eu vou foder todas vocês!

VÁRIA ÍVOLGUINA

Minha nave *O Amor da Irmã* plana sobre o mundo da Vulgaridade e do Mal! As irmãs sobem até mim pela escada de prata! Como suas faces são inocentes, puras e sublimes!

Elas irradiam a Bondade e o Amor! Venham, venham a mim, minhas Irmãs! Nossa arca de Bondade e Luz navegará para outra Galáxia — a Galáxia do Amor! Somente ali encontraremos a Paz e a Liberdade! Somente lá! Juntas!

PRÍNCIPE MYCHKIN

Toquem, toquem as cordas de meus nervos! Toquem, órfãos e desgraçados! Toquem, humilhados e ofendidos! Toquem, pobres crianças! Posso sentir suas mãos pálidas! Seguram os arcos de modo desajeitado, mas com tanto zelo! Ah, como eu amo as mãozinhas das crianças, magrinhas, arranhadas e esfoladas! Toquem em mim, meus filhos adorados! Toquem! Toquem mais alto!

LIÉBEDEV

Ah, como são saborosos os detritos devorados sob a lua cheia! Os dejetos das cidades, as cloacas industriais, as latrinas das aldeias e dos soldados, tudo cabe na minha pança de aço! Vou devorar e sugar os esgotos com voracidade. É o melhor vinho do mundo! Os primeiros raios da aurora me espantam, vou mergulhar no corpo fresco da Terra e passar a língua... ohhh! Como são doces as solas dos ricos e dos aristocratas! Como seus donos são poderosos e confiantes! Como erguem as cabeças com orgulho! Que postura confiante! Usam sempre sapatos novos! E como eles exalam um cheiro bom de lojas caras, de restaurantes luxuosos, de clubes privados e de cassinos! Ah, como estas solas são doces!

GÂNIA ÍVOLGUIN (*jogando as pedras*)

À esquerda, brilhantes, à direita, esmeraldas! À esquerda, brilhantes, à direita... (*Sacode a mão*) Nunca pensei que pedras preciosas fossem tão pesadas... Ei, alguém aí fique no meu lugar por um instante, estou meio cansado... joguem brilhantes à esquerda, esmeraldas à direita... mas não se con-

Dostoiévski-trip

fundam... assim... mas não estou ouvindo gritos de aprovação (*pondo-se à escuta, embaixo ouvem-se aclamações fracas*)... não estou ouvindo nada. Distribuam megafones às pessoas lá embaixo. (*Encolhe-se*) De manhã é bem frio no alto do Everest... (*Grita*) Vamos lá! Não estou ouvindo! Esperem, não joguem nada até que eles gritem! Estou ouvindo! (*Ouve-se embaixo "Glória a você, Gânia Ívolguin, o Homem mais Rico do Mundo!"*)

NASTÁCIA FILÍPPOVNA

Ah, quanta coisa eu já incinerei! Arre, como está quente na cabine... O que incinerei hoje?

ALGUÉM

O Rio de Janeiro.

NASTÁCIA FILÍPPOVNA

Quanto de napalm é necessário?

ALGUÉM

24 mil toneladas.

NASTÁCIA FILÍPPOVNA

E quanto há ainda nos reservatórios?

ALGUÉM

4 mil toneladas.

NASTÁCIA FILÍPPOVNA

Abasteçam imediatamente. E digam aos técnicos que instalem o ar condicionado na cabine. Vocês tem 16 minutos! Vamos!

ROGÓJIN (*fecundando as mulheres*)

Ah, como é bom... muito bom... assim, assim... mas, por favor, todas de uma vez não... todas de uma vez não. Minhas queridas, para tudo é preciso ordem... mesmo no amor... hoje vou fecundar as inglesas... apenas as inglesas... ah, como elas são calmas... como na aparência são frias e submissas... submissas ao meu pau ardente... como ele invade suas frias vaginas... como meu esperma as ferve e queima! Ah, amo vocês, mulheres da Inglaterra! Ah, como é bom! Mas não todas de uma só vez... não de uma só vez... Já disse, todas de uma vez, não! Não deixem as irlandesas passarem na frente! Vou foder a Irlanda amanhã! E afastem as armênias! Elas sempre furam a fila! Ah, como é bom!

VÁRIA ÍVOLGUINA

Subam, subam em minha direção, irmãs adoradas! Subam pela escada de prata! Vou levar todas em minha Arca do Amor das Irmãs! Mas não se apressem! Minha escada é feita de pura prata de 99 quilates! Os degraus são lisos e planos! Os corrimãos são frágeis e graciosos! Se você quebrar a escada, irmãs adoradas, isto vai me causar sérios problemas financeiros!

PRÍNCIPE MYCHKIN

Toquem, toquem, crianças infelizes! Toquem os nervos do meu corpo! Toquem, toquem... mas, eu imploro, nem Schoenberg e nem Chostakóvitch! Toquem Vivaldi! Por favor, *As quatro estações* de Vivaldi! Entenderam? Vivaldi, *As quatro estações*! Vivaldi!

LIÉBEDEV (*lambendo*)

Ah, como são doces, doces, as solas dos aristocratas... é pena que nem todos os aristocratas andem em lugares decentes... Nem todos andam sobre tapetes e carpetes... por exemplo, por que alguns vão ao futebol... o que um aristocrata pode encontrar no futebol? Um jogo plebeu. Lá nas tribunas tudo é sujo, cheio de cusparadas. E às vezes até de vômito. E os toaletes dos estádios, então... bem, essas solas têm um gosto completamente diferente. Nada aristocrático.

IPPOLIT

Um corpo jovem e novo? Ah, vou correr pelos campos e prados! Vou pular como um jovem cervo! Vou me deleitar com o sol e o ar! Minha associação Juventude e Saúde é aberta a todos os jovens entre 16 e 25 anos! Aceito todos os candidatos! Mas apenas os jovens e bonitos! E ninguém com mais de 25 anos!

GÂNIA ÍVOLGUIN (*grita*)

Eu disse a vocês: os diamantes à esquerda, as esmeraldas à direita! E não ao contrário! Que burros! Tragam-me um casaco de zibelina! Faz frio aqui como em um túmulo... Por que este terraço não está aquecido? Instalem uma calefação a vapor! (*Põe-se à escuta*) Mais alto! Mais alto! Por que gritam com essa moleza? Ei, seus canalhas! Não são feijões e ervilhas que estou jogando pra vocês, e sim brilhantes e esmeraldas! Abram mais as suas goelas!

NASTÁCIA FILÍPPOVNA

O napalm, certamente, é um prazer caro. Não há o bastante para todas as cidades. Seria mais fácil usar querosene ou mazute. Mas o querosene cheira tão mal, e o mazute faz tanta fuligem... Arre! Graças a Deus eu tenho ar condicionado na cabine... (*Bebe água e cospe*) Se você, seu porco, me servir mais uma vez água sem gelo, vou mandá-lo buscar um balde com gelo na ardente Lisboa! Fora daqui!

ROGÓJIN

Não! Não! Não! Não posso foder todas de uma vez! Não sou uma máquina! Tirem daqui essas armênias! Hoje só as holandesas! Fora daqui, suas putas lascivas! Fora!

VÁRIA ÍVOLGUINA

Irmãs! Minhas queridas irmãs! Eu imploro! Subam as escadas em fila! Assim vão quebrar o corrimão! O que vocês estão fazendo? Isso é prata, e não aço! Pensem bem!

PRÍNCIPE MYCHKIN (*fazendo cara de dor*)

Por que as crianças são tão incapazes? Pois é tão simples aprender a tocar violino... como são poucas as crianças-prodígio em nosso planeta... (*Grita*) Não arrebentem as cordas, seus canalhas! O que vocês aprenderam com seus pedagogos incapazes? Uma corda não é uma linha de roupa branca e o arco não é um bastão! É preciso tocar a corda com suavidade, com suavidade... (*Grita de dor*) Suavidade! Suavidade! Suavidade!

LIÉBEDEV (*lambendo as solas*)

Não, já não são os mesmos aristocratas em nosso século... nem todos entre eles usam sapatos elegantes... (*Arrota*) E eu não posso devorar os dejetos radioativos... o lixo das cidades, os monturos, as latrinas dos soldados — tudo bem, mas o que fazem aqui os dejetos radioativos?! Meus órgãos internos começam a se transformar...

IPPOLIT (*exercita-se no aparelho de musculação*)

Nas salas de ginástica de nossa associação vocês encontrarão todos os equipamentos esportivos! Seus músculos ficarão resistentes e flexíveis! Seu corpo será admirado! Associação Juventude e Saúde! Entre 16 e 25!

Dostoiévski-trip

GÂNIA ÍVOLGUIN

Não tenho mais brilhantes! Porra! Não posso jogar apenas esmeraldas! É caro demais! Quebrem as paredes de brilhantes! Joguem os pedaços lá pra baixo, mas não os muito grandes! Tenho frio! Seus porcos! Por que eles não gritam? É uma greve ou o quê! Canalhas! Vocês querem a minha morte?!

ROGÓJIN

Meu caralho não sobe mais! Meu caralho não sobe mais! Meu pau não sobe mais!

LIÉBEDEV (*vomitando*)

Por quê?... Que porcaria... (*vomita*)... esses radionucleoides...

ROGÓJIN

O meu caralho, o meu caralho não sobe?! Eu?! Eu!

VÁRIA ÍVOLGUINA

Deus castigou o devasso! Mas a minha escada quebrou. Quebraram a minha escada de prata!

PRÍNCIPE MYCHKIN

Eles estão arrebentando as minhas cordas! Aaaah! Estão arrebentando os meus nervos!

IPPOLIT

Como é bom ser jovem e saudável! Assim ninguém vai arrebentar os seus nervos!

ROGÓJIN

O meu caralho não sobe!

NASTÁCIA FILÍPPOVNA

Quem se importa com um caralho? Tenho um injetor entupido!

GÂNIA ÍVOLGUIN

Porcos! Não posso quebrar as paredes sozinho! Preciso de ferramentas!

ROGÓJIN

O meu caralho não sobe! Mas por quê? Fiz tudo direitinho! Tenho que fecundar as mulheres do mundo inteiro! E mal consegui metade da Europa! (*Põe-se de joelhos*) Nastácia Filíppovna! Eu imploro! Ajude-me! Ajude-me!

NASTÁCIA FILÍPPOVNA

Cai fora! Estou precisando de uma chave inglesa 48x 120! Quem é que tem uma chave 48x120?!

VÁRIA ÍVOLGUINA

Consertem minha escada! Sem isso não posso pegar as irmãs! Elas estão amontoadas lá embaixo e me estendem seus braços!

LIÉBEDEV (*vomita com desprezo*)

Irmãs... diga de uma vez: lésbicas... *A Arca do Amor das Irmãs*... não poderia ter inventado nada mais inteligente?...

IPPOLIT (*malhando*)

A saúde é a coisa mais importante na vida!

PRÍNCIPE MYCHKIN

Eles me arrebentaram um milhão e meio de cordas! Ah,

arranquem suas mãos! Arranquem suas mãos magras e arranhadas!

NASTÁCIA FILÍPPOVNA

Uma chave inglesa! Quem vai me dar uma chave inglesa?

ROGÓJIN

Vou conseguir uma chave para você, mas faça o meu pau subir! Eu imploro! Suas mãos são tão suaves!

NASTÁCIA FILÍPPOVNA

Se manda! Peça a Vária!

ROGÓJIN

Vária! Eu lhe peço como um irmão!

VÁRIA ÍVOLGUINA

Uma escada! Uma escada! Minha escada!

PRÍNCIPE MYCHKIN

Minhas cordas! Não arrebentem minhas cordas!

GÂNIA ÍVOLGUIN (*encolhendo-se de frio*)

Fechem a boca dessa harpa chorona. Vou propor um *business* honesto.

Todos se calam. Apenas Ippolit continua a se exercitar, desligado de tudo.

LIÉBEDEV (*vomitando levemente*)

Que *business*?

GÂNIA ÍVOLGUIN

Preciso de uma britadeira de última geração. Ofereço um pedaço qualquer de alguma parede do meu castelo. E as paredes são feitas de diamantes.

NASTÁCIA FILÍPPOVNA

Mas para que eu quero diamantes? Estou precisando de uma chave inglesa para consertar o injetor.

LIÉBEDEV

Posso encontrar para você qualquer chave nos lixões da cidade. Mas preciso que destruam esses detritos radioativos para que eu não os devore.

ROGÓJIN

Vou convencer todas as mulheres do mundo a cagarem nos detritos radioativos! Eles serão recobertos por uma sólida camada de merda. Mas preciso fazer o meu caralho subir!

VÁRIA ÍVOLGUINA

Posso fazer o seu pau subir. Acredite, sei fazer isso muito bem. Mas quem vai consertar a minha escada?

PRÍNCIPE MYCHKIN

Posso consertar o que quer que seja, mas ensinem as crianças órfãs a tocarem bem o violino!

IPPOLIT (*malhando*)

Na minha associação Juventude e Saúde ensinarei tudo às crianças! Mas a coisa mais importante que lhes ensinarei é a valorizar a juventude e preservar a saúde! A cultura do corpo saudável é uma coisa formidável! Se o corpo é saudável, dominar a técnica de tocar um violino Stradivarius é moleza! (*De repente os músculos do seu corpo se rompem com um ruído estranho*) O que é isso?

VÁRIA ÍVOLGUINA

São os músculos do seu novo corpo que arrebentaram.

IPPOLIT

Por quê?

GÂNIA ÍVOLGUIN

Porque tudo que é novo mais cedo ou mais tarde se quebra.

IPPOLIT

Mas por que não sinto dor?

PRÍNCIPE MYCHKIN

Porque os seus nervos já não são nervos, mas linhas de costura da loja do comerciante Karaganov. Era com essas mesmas linhas que Sonietchka Marmeladova costurava o braço arrancado de sua boneca. Isto foi numa quinta-feira à noite, quando caiu a primeira neve.

NASTÁCIA FILÍPPOVNA (*abanando o leque*)

Então vamos beber champanhe, senhores. Talvez fiquemos mais alegres.

Todos bebem champanhe.

NASTÁCIA FILÍPPOVNA

Afinal, me contem alguma coisa.

PRÍNCIPE MYCHKIN

O que exatamente?

NASTÁCIA FILÍPPOVNA
Bem, alguma coisa sobre a infância.

HOMEM 1
Nós morávamos perto da estação final do metrô.

MULHER 1
Lá onde há um álamo seco com os galhos cortados?

HOMEM 1
Lá mesmo.

HOMEM 3
E um velho galpão de tijolos com desenhos de olhos?

HOMEM 1
Isso mesmo.

HOMEM 4
E na esquina uma coluna de ferro sempre gotejando?

HOMEM 1
Uma coluna!

MULHER 1
E da cervejaria vem um fedor de suor e urina?

HOMEM 1
Ã-hã!

HOMEM 5
E todos os gatos são pelados e ariscos?

HOMEM 1

Muito!

HOMEM 2

É onde o morador do primeiro andar tem elefantíase no braço esquerdo?

HOMEM 1

Elefantíase. Exato. Raramente ele saía para a rua. Apenas pela manhã, para comprar provisões. Ele sempre escondia o braço sob o paletó. Apelidaram-no Joe Frazier, pois Frazier tinha um célebre golpe de esquerda. Às vezes nós o espiávamos pela janela da cozinha. Estava sentado e bebia leite. Com a mão direita. E a esquerda ficava sobre a mesa. Ela era grande e branca como uma lagarta. Ele jogava leite em nós. De manhã eu ia à escola. O metrô era sujo e alegre. Com frequência a gente via um rato. Eu sempre levava comigo um pedaço de tijolo. Se eu conseguia matar o rato, então na escola tudo seria ok e não me chamariam à lousa. Durante meus anos de escola matei 64 ratos. Naquele dia não errei o alvo. O rato era magro e arisco como a velha do quiosque de jornais. Quebrei suas vértebras e ele tentou rastejar com as patas dianteiras. Esmaguei o seu crânio com o salto do sapato e entrei no metrô. Havia lá uma multidão de operários da fábrica de sapatos e da fábrica de pneus. Amontoavam-se na plataforma e esperavam o trem. Os da fábrica de pneus, como sempre, falavam alto e gargalhavam, e os dos sapatos permaneciam mudos como mortos. Os trens chegavam com frequência, mas rugiam horrivelmente. E quando chegava o trem, também eu começava a rugir. Mas não como um trem, e sim como um avião. Quando o trem parou, todo mundo entrou nos vagões. Eu sempre era o último a entrar. Gosto de saltar rápido na estação, dar uma cuspida e passar para outro vagão. E, assim, percorrer o trem inteiro. Desse modo, a

Vladímir Sorókin

viagem não fica chata. Mas naquele dia os da fábrica de pneus se apinharam tanto no fundo que quase me derrubaram. Eles estão sempre trombando como selvagens e às gargalhadas. Nas cervejarias, brigam e se estropiam uns aos outros. Já aqueles da fábrica de sapatos, ao contrário, ficam calados e caminham como mortos; em compensação, bebem em casa, batem nas esposas e se enforcam. Um amigo me disse que isso acontece porque os operários da fábrica de pneus respiram borracha e os da fábrica de sapatos, couro. A borracha excita e o couro acalma. Empurraram-me para dentro do vagão e me imprensaram contra a porta fechada. E, dessa forma, era impossível descer na estação. Eu me pus de costas e comecei a arranhar a pintura da porta com a unha. Queria rabiscar T. Rex. E foi então que me aconteceu O SEGUINTE. Alguém se apertou contra mim, colou seus lábios no meu ouvido e começou a murmurar: "Elfo, meu elfo". E esse murmúrio era como um sonho. Sua mão direita pegou minha mão livre, e a esquerda se enfiou dentro de minha calça. Se fosse um operário, eu teria gritado ou lhe teria dado um soco na cara. Mas esse homem não cheirava a operário. Ele cheirava a alguma coisa limpa e ágil. Como um avião. E suas mãos não eram mãos de operário. E vi uma delas, aquela que segurava a minha. A minha era morena, pele gretada e esfolada, com unhas roídas. E a sua era grande e branca. Senti a outra mão. Ela era suave e quente. Ela pegou o meu caralho e ele ficou duro imediatamente. E nós seguimos assim e fomos seguindo. E ele o tempo todo murmurava: "Elfo, meu elfo". E depois de repente sua língua quente penetrou no meu ouvido. E eu gozei na minha calça. E o trem rugiu e parou. Todo mundo saiu do vagão. Mas eu fiquei ali parado e chorei. Então se aproximou uma condutora gorda e disse: "Fora".

Dostoiévski-trip

HOMEM 2

E nós vivíamos na beira da floresta.

HOMEM 1

Lá onde as rochas estão cobertas com um musgo branco?

HOMEM 2

Ã-hã.

MULHER 1

E onde os pinheiros rangem à noite?

HOMEM 2

Rangem.

HOMEM 3

Onde um falcão paira no ar quente?

HOMEM 2

Sim.

HOMEM 4

E onde o signo de Marte está esculpido num toco de carvalho?

HOMEM 2

Está esculpido.

MULHER 2

E onde um salgueiro junto ao rio parece uma mocinha corcunda?

HOMEM 2

Isso mesmo.

HOMEM 5

E na antessala há um urso empalhado segurando um lampião?

HOMEM 2

Meu finado pai matou esse urso. E nós vivíamos com o vovô. E havia ainda um lacaio, uma empregada para a estrebaria e uma cozinheira. O vovô era chefe florestal. Ele chefiava os guardas florestais. E estes cuidavam da floresta para que ela não fosse abatida pelos camponeses e crescesse bem. O vovô gostava de tocar acordeão e de caçar. Ele ia às caçadas longínquas em companhia de um major reformado e um administrador. Eles caçavam javalis, cervos e raposas. Mas ele só me levava às caçadas mais próximas. Nessas caçávamos tetrazes e perdizes. Tínhamos três cachorros de caça — dois galgos e um perdigueiro vermelho, cujo nome era Dik. Havia um problema com Dik: ele não se mantinha firme em posição. Mas eu era o culpado. Tinham trazido Dik no verão passado. Nessa época eu já caçava bastante pelas proximidades. O vovô havia comprado para mim uma Beretta de um cano. Eu já atirava razoavelmente bem. O vovô dizia que eu seria um caçador de primeira se desenvolvesse em mim a FORÇA DE VONTADE. Eu não tinha força de vontade suficiente. Quando trouxeram o Dik, ele ainda era um filhote. O vovô naquela época estava sempre muito ocupado e partia todos os dias para suas ocupações na floresta. Ele me incumbiu de adestrar Dik para a caça campestre. Eu o treinava para caçar tetrazes e perdizes. Dik sabia procurar muito bem, mas cometia um erro: não se detinha diante de um pássaro sobre a relva, mas imediatamente avançava sobre ele, apanhava-o pela asa, corria atrás dele e latia. Por mais que eu gritasse com ele, ele não

Dostoiévski-trip

entendia. O vovô dizia que eu devia bater em Dik, assim ele compreenderia tudo direito. Mas eu não podia bater no Dik. Por isso o vovô dizia que eu tinha pouca FORÇA DE VONTADE. Naquele verão fomos com o vovô a uma caçada nas proximidades. Atravessamos um barranco, contornamos um bosque de bétulas e de repente Dik se deteve em um rastro. De início pensei que era de um tetraz, mas o vovô de imediato me mostrou o seu dedo mindinho — isto significava que era uma perdiz. Dik fez tudo muito bem, seguiu o rastro ao longo dos arbustos e logo depois se deteve diante de um campo de centeio. Os tetrazes nunca andam pelo centeio, pois podem ficar presos por entre as espigas. Agora, as perdizes são pequenas e andam pelo centeio. O centeio era alto. Lá na frente eu via a cabeça do Dik surgir de vez em quando. De repente, ele fez as perdizes se elevarem, e correu atrás delas latindo. As perdizes alçaram vôo em forma de leque. Nós disparamos e uma delas tombou. Quando nos aproximamos, demos de encontro com Dik. Estava deitado no meio do centeio. Alguns chumbos haviam atingido a sua cabeça. Dik tremia ligeiramente e estava morrendo. E o vovô disse: "Veja bem o resultado da sua pouca FORÇA DE VONTADE. Se você tivesse batido no Dik no verão passado, agora ele não teria sido atingido pelo disparo. Abaixe as calças!". Eu abaixei. "Deite-se sobre o Dik." Eu me deitei sobre o Dik. O vovô tirou a correia da espingarda e me açoitou. Não por muito tempo, mas com força. E eu permaneci estendido sobre o corpo morno do Dik e chorei.

MULHER 1

Bem, eu vivia em uma casa grande e velha.

HOMEM 1

Aquela com uma escada amarela que rangia?

MULHER 1

Ã-hã.

HOMEM 2

E com uma lareira em mármore que parece um velho chorando?

MULHER 1

Exatamente.

HOMEM 3

E nas paredes havia projetos arquitetônicos do pai?

MULHER 1

Havia.

MULHER 2

E no seu quarto havia um menino em bronze com uma rena?

MULHER 1

Sim.

HOMEM 4

E no escritório de seu pai enormes relógios que batiam e roncavam, batiam e roncavam?

MULHER 1

Batiam e roncavam.

HOMEM 5

E os vidros da varanda eram todos coloridos?

MULHER 1

Coloridos e em forma de folhas. Da varanda via-se um pedaço de um lago. Todos os dias eu admirava esse pedacinho através dos vidros coloridos. Eu gostava mais quando o lago estava violeta. E pensava como seria bom se banhar em um lago violeta. Ou atravessá-lo a nado para um país violeta. Lá tudo seria violeta — a casa, o pai, o gato, a mãe e a sua bengala de bambu. A mãe me batia com essa bengala para "castigar o mal". À noite eu gostava de me tocar entre as pernas. Era muito gostoso. Mas certa vez minha mãe percebeu que eu estava fazendo aquilo. E me bateu nas mãos com a bengala. Mas, apesar disso, eu continuava a me tocar. E todas as manhãs, quando eu me levantava, a mãe me olhava bem nos olhos. Ela olhava para ver se eu acordava com olheiras. Se eu as tivesse, ela dizia: "Você se portou mal de novo esta noite?". Ela ia buscar a sua bengala, voltava e me batia nas mãos. O pai nunca me bateu, mas também nunca me defendeu. Desenhava os seus projetos e viajava com frequência para suas obras. Eu ficava com minha mãe. Eu amava minha mãe, e quando ela saía de casa eu ficava sentada a olhar o relógio. O relógio batia e roncava, batia e roncava. Eu detestava sopa de lentilhas e gostava de me tocar entre as pernas. E de sonhar com a casa violeta. Certa vez minha mãe me levou ao médico. Ele me examinou e disse: é muito ruim o que você anda fazendo. Você vai ficar doente quando crescer. E eu lhe respondi que eu queria muito fazer aquilo. Então ele disse: "toda vez que você tiver vontade de fazer aquilo, olhe para o teto. E a vontade vai passar". À noite tentei olhar para o teto. Mas tive ainda mais vontade e a mão se enfiou por si só para dentro da calcinha. Certa vez entornei o prato com a sopa de lentilhas. E minha mãe me trancou no porão. De vez em quando ela me colocava lá. Era o lugar dos aquecedores de carvão. Havia dois — um era nosso e o outro do vizinho, que ocupava uma metade da casa. Sentei-me numa caixa de conservas e olhei a nossa porta. Havia ainda uma outra porta — a do vizinho. Estava sempre trancada. Mas de repente ela começou a ranger e se entreabriu. Entrei e subi a escada. A escada conduzia à antessala do vizinho. Ele também era arquiteto. Ele havia comprado essa casa junto com meu pai. O vizinho era calvo, usava óculos e era muito enfadonho. Todas as vezes em que nos visitava, ele sempre falava de coisas enfadonhas. Entrei na antessala e quis logo chamar o vizinho, mas de repente o vi na sala de estar. Ele estava de joelhos diante de um rapaz ruivo. E sobre o tapete havia um vestido de mulher. O rapaz voltou as costas ao vizinho e olhou pela janela. O vizinho beijava as suas mãos e repetia: "Você não acredita em mim? Será que você não acredita em mim?". Depois o vizinho pôs-se a soluçar. E com tanta força que seus óculos caíram no chão. Soluçava e abraçava as pernas do rapaz ruivo. Mas o rapaz olhava pela janela. Então o vizinho agarrou o vestido e começou a rasgá-lo gritando: "Eu juro! Eu juro! Eu juro!". E o rapaz o abraçou a contragosto. O vizinho começou a desabotoar o jeans do rapaz. E o rapaz começou a rir. Então o vizinho deu uma bofetada no rapaz e gritou: "Você vai me torturar ainda por muito tempo, seu porco?!". O rapaz desabotoou o jeans e se pôs de joelhos. O vizinho abaixou a calça do pijama. Seu pintinho estava duro como um bastão. Ele o enfiou no meio do bumbum do rapaz ruivo e começou a se mexer e gemer. Depois gritou: "Você é tão jovem! Por que é que você tem um cu como o de um velho capelão?! Vê se fecha, feche esse cu! Não posso foder o vazio!". Ele se sacudia, se mexia e gritava: "Não posso foder o vazio! Não posso foder o vazio!". O rapaz ruivo me viu no vaso chinês e se virou. "E você, o que está fazendo aí?" — perguntou. E o vizinho também se virou. Ele estava branco como farinha e sem óculos. Movia sua face branca e nada via. Seus olhos também estavam brancos. E eu fiz cocô nas calças.

Dostoiévski-trip

HOMEM 3

Bem, eu morava na rua com 82 edifícios.

HOMEM 1

Naquele edifício com 66 sacadas?

HOMEM 3

Exatamente.

HOMEM 2

Aquele com 42 apartamentos?

HOMEM 3

É.

HOMEM 4

E 125 moradores?

HOMEM 3

123. Dois já morreram.

MULHER 1

No apartamento número 35?

HOMEM 3

35.

MULHER 2

Com três fechaduras na porta?

HOMEM 3

Isso mesmo.

HOMEM 5

E da sua porta até a escola eram 2.512 passos?

HOMEM 3

2.512 nos dias úteis. Mas aos domingos, quando eu passava reto pela escola, eram 2.590. Comecei a gostar de contar quando aos seis anos tive poliomielite. Não é uma doença difícil. Simplesmente eu tive uma febre alta e uma paralisia na parte esquerda do corpo. Não a sentia de modo algum. Levaram-me de imediato ao hospital. À noite eles me amarravam na cama para que durante o sono eu não me deitasse sobre o lado esquerdo. Do contrário, eu poderia comprimir algumas veias importantes e provocar uma gangrena. À noite eu dormia amarrado e durante o dia eu ficava deitado, contando. Contava as coisas, os cantos das coisas, as pregas dos lençóis, as moscas, as migalhas, os tacos do assoalho, as injeções que me aplicavam. Eu contava muito rápido. Depois de meio ano, melhorei e comecei a andar. Eu usava uma bota especial para o pé esquerdo. Ela tinha uma sola grossa, pois minha perna esquerda era um pouco mais curta do que a direita. E estava coberta de veias azuis, como se a pele tivesse sido arrancada. Eu usava sempre essa bota, com qualquer tempo. No verão, com o calor, o pé transpirava dentro da bota. E ficava úmido de suor. Foi então que aprendi a estalar os dedos suados ao caminhar. Estalava bem forte. E os transeuntes não compreendiam que som era aquele. E olhavam para mim. Quando fiz catorze anos, meus pais me enviaram a uma colônia de esportes para passar o verão. Para que eu me fortalecesse. Eu jogava bem xadrez. E o tempo todo na colônia de férias andava em calças compridas. Nunca usava shorts. Não mostrava minha perna. Certa vez eu estava no banheiro fazendo cocô. E baixei bem a calça. E um menino do segundo destacamento entrou e começou a fazer cocô bem à minha esquerda. Ele viu a minha perna e

Dostoiévski-trip

63

disse: "Que coisa! Uma perna azul!". Limpei o bumbum, me levantei e subi a calça. E ele começou a fazer cocô com muito barulho, repetindo o tempo todo: "Uma perna azul. Uma perna azul". À noite a gente jogava pingue-pongue com o segundo destacamento. E aquele mesmo menino me viu e disse em voz alta: "Olha, o Perna Azul também chegou!". Me aproximei dele e disse: "Cale a boca". Ele disse: "E por quê?". Eu lhe disse: "Cale a boca, por favor". E ele disse: "Por quê?". Eu disse: "Te dou um canivete suíço". Ele disse: "Mentiroso". E eu disse: "Se você não disser a ninguém". E ele disse: "Está bem". E eu lhe dei o canivete do meu pai. Fiquei na colônia de férias por dois meses. Durante esse tempo dei ao menino uma camiseta com o retrato de Elvis, uma caneta esferográfica, um distintivo do avião de bombardeiro B-52, dezoito cigarros, 21 gomas de mascar e 42 pãezinhos doces com sementes de papoula. Mas no dia da partida o menino escreveu com fezes em minha bolsa amarela: PERNA AZUL.

MULHER 2

Quanto a mim, eu vivia na grande mansão do vovô.

MULHER 1

Lá onde há um declive em direção ao lago e um atracadouro?

MULHER 2

Sim.

HOMEM 1

Lá onde há uma alameda de palmeiras?

MULHER 2

Ã-hã!

64   Vladímir Sorókin

HOMEM 3

Lá onde há um jardineiro com cara de cavalo, pernas curtas e braços longos?

MULHER 2

Exatamente!

HOMEM 3

Lá onde há um jardim com pessegueiros?

MULHER 2

Sim.

HOMEM 4

Lá onde há uma empregada gorda e um cozinheiro magro?

MULHER 2

Magro como um palito!

HOMEM 5

Lá onde há uma coleção de escaravelhos que o vovô juntou durante a guerra?

MULHER 2

Bem, ele começou a colecionar escaravelhos antes da guerra, quando ainda era um simples major. E quando a guerra terminou, ele já era general. Hoje a sua coleção tem 532 escaravelhos. Quando eu era pequena, não conseguia entender uma coisa: por que aqueles escaravelhos estavam mortos? Eles eram tão bonitos! Meu avô não era um simples general. Ele era o Orgulho Nacional. Ele ficou famoso com uma Ofensiva de Blindados. Esse feito passou a figurar em todos os manuais. E depois que o vovô se aposentou, várias pessoas vinham visitá-lo na mansão para lhe dizer o quanto o respeitavam. Eu também amava e respeitava o meu avô. E sempre o ajudava. E ele passeava comigo, brincava e lia para mim livros infantis. Depois meu avô ficou paralisado. Isto aconteceu de modo repentino. Ele estava sentado em uma espreguiçadeira no jardim, descascando uma maçã. E de repente começou a engasgar e a ter convulsões. Ele foi colocado no quarto. E lá ficou deitado por três anos. Até a sua morte. Ele não podia se mexer e nem falar. Podia apenas olhar, comer, beber, escrever, fazer xixi e cocô. E berrar. Ele era muito engraçado, deitado daquele jeito. Quando os meus pais não estavam em casa, eu brincava com ele. Primeiro fazia-lhe cócegas. Mas ele não tinha medo das cócegas. Depois eu tapava as suas narinas. E ele respirava pela boca como um peixe. Depois eu levantava a coberta e tocava o seu piu-piu. O piu-piu parecia um sapo. O vovô revirava os olhos, transpirava e berrava. Então inventei outro jogo. Pegava um bastão e um pedaço de açúcar. Eu batia na barriga do vovô com o bastão e ordenava: "Late! Late!". E quando o vovô berrava, eu colocava um pedaço de açúcar em sua boca. Com os olhos ele me apontava para os meus pais e para a enfermeira e se punha a berrar. Mas eles não o compreendiam. E eu continuava o meu jogo. Chegava da escola, almoçava e depois dizia à enfermeira que eu queria ler para o vovô. A enfermeira ia embora, eu entrava e fechava a porta. Ele imediatamente começava a berrar e a revirar os olhos. Eu pegava o açúcar, o bastão e brincava com ele. Depois ele se acostumou e fazia tudo como devia: berrava o tempo todo e chupava o açúcar. Às vezes eu o alimentava no lugar da enfermeira. E ele quase sempre chorava. Comia e chorava. Quando ele morreu, eu também chorei. Foi enterrado ao lado do primeiro-ministro. E os soldados dispararam três salvas de fuzil tão fortes que meus dois ouvidos taparam na hora.

HOMEM 4
E eu não tive nem avô, nem avó, nem pai.

MULHER 1
Só teve mãe?

HOMEM 4
Só mãe.

HOMEM 1
Ela era baixinha?

HOMEM 4
Era baixinha.

MULHER 2
Cabelos claros encaracolados?

HOMEM 4
Cabelos claros encaracolados.

HOMEM 2
Óculos transparentes de plástico?

HOMEM 4
Sim.

HOMEM 3
Uma pinta na bochecha esquerda?

HOMEM 4
Ã-hã.

HOMEM 5

Um anel de ouro no dedo anular esquerdo?

HOMEM 4

Ela às vezes tirava esse anel. E depois o colocava de novo. Eu não entendia por quê. Minha mãe era muito boa. Jamais me castigava. E me perdoava por tudo. Trabalhava como enfermeira. Mas esse dinheiro não lhe bastava. Então, depois do trabalho, ela ganhava um dinheirinho aplicando injeções. Ela aplicava injeções nos velhinhos doentes. E chegava em casa sempre depois das oito horas. Nesse tempo eu ficava brincando no pátio com os amiguinhos. E quando eu a via, ia correndo a seu encontro para me atirar nos seus braços. E suas mãos estavam muito limpas e cheiravam a álcool por causa das injeções. Ela dizia: "Pois veja só, a borboleta voou de volta para casa". Nosso sobrenome era Chmetterling. E, embora fosse um sobrenome alemão, minha mãe dizia que ela não tinha sequer uma gota de sangue alemão. Depois ela tomava uma ducha, bebia um cálice de conhaque e preparava o jantar. Quando cozinhava, sempre assobiava. Depois jantávamos e eu lhe contava sobre o que acontecera na escola. Ela dizia apenas uma coisa: "Faça um esforço para que eu não seja chamada à escola". E eu me esforçava. Às vezes alguns homens vinham visitar a mamãe. Acontecia aos domingos. A mamãe me dizia: "Vá passear no quintal". E eu passeava o dia todo. Quando voltava para casa, minha mãe estava um pouco embriagada. Mas em geral ela bebia pouco. Os vizinhos não gostavam dela porque ela não era amiga de ninguém. Mas eu estava me lixando para os vizinhos. E certa vez, à noite, uma casa em frente pegou fogo. E tudo ficou iluminado e terrível. Minha mãe ficou olhando pela janela. Eu sentia muito medo. Muito medo. Então disse a ela: "Mamãe, estou com medo". Ela veio se deitar em minha cama. E eu tremia inteirinho. E mamãe começou a me acariciar e a me acalmar. Eu nunca tinha visto um incêndio antes. Estava tudo tão claro como se o nosso quarto ardesse em chamas e tremesse. E por detrás da janela, ouviam-se gritos e um corre-corre. Eu tremia e respirava. Então me agarrei à mamãe e logo a toquei. E mamãe me abraçava e me acariciava. E ficamos assim deitados até que eu adormeci. Na noite seguinte, eu mesmo me pus na cama de minha mãe e lhe disse: "Mamãe, estou com medo". E eu arfava. Agarrei-me a ela e logo a toquei. E adormeci. E eu ia à sua cama todas as noites. Depois minha classe foi enviada à Inglaterra por um ano em um intercâmbio escolar. Passei um ano em uma escola inglesa. Comecei a falar bem o inglês. E escrevia cartas à minha mãe. Ela me escrevia, mas não com muita frequência. E quando voltei, logo na primeira noite, me deitei em sua cama. Agarrei-me à mamãe, mas não a toquei. Comecei a beijá-la e lhe disse: "Mãezinha querida, seja minha mulher". Ela disse: "Pois então você se tornou um homem". Ela me colocou em cima dela e me ajudou. E eu penetrei a mamãe e ela se tornou minha mulher. Fazíamos isso todas as noites. Aquilo era tão bom que às vezes minhas lágrimas corriam. Mamãe as lambia com a língua e sussurrava: "Somos dois criminosos". Depois mamãe teve apendicite e a internaram no mesmo hospital onde ela trabalhava como enfermeira. E durante a cirurgia ela pegou hepatite. E minha mãe morreu em sete meses e treze dias. E me enviaram a um orfanato. E quando eu via borboletas, lembrava de minha mãe. Comecei então a colecionar borboletas e a guardá-las em uma caixa de balas. E me apelidaram de "Chmetterling — caçador de borboletas". Mas ninguém mexia em minha caixa. E depois da festa de formatura transei com uma menina. Depois disso queimei a caixa e fui trabalhar em uma fábrica de conservas.

Dostoiévski-trip

HOMEM 5

Bem, eu e meu irmão não tivemos nem mamãe, nem papai, nem vovó e nem vovô.

MULHER 1

O papai morreu no front?

HOMEM 5

Ã-hã.

MULHER 2

A vovó morreu no primeiro ano do cerco de Leningrado?

HOMEM 5

Foi.

HOMEM 1

Uma bomba matou o vovô?

HOMEM 5

É, uma bomba.

HOMEM 2

E a mamãe morreu de tifo?

HOMEM 5

No hospital municipal n° 8.

HOMEM 3

E você e seu irmão ficaram sozinhos?

HOMEM 5

Sozinhos.

HOMEM 4

Vocês eram gêmeos?

HOMEM 5

Sim, e muito parecidos. Éramos sempre confundidos e nos apelidaram "Coelhos". Porque tínhamos queixos pequenos e dentes grandes. É verdade que éramos muito parecidos com coelhos. Quando começou o segundo ano do cerco e a mamãe morreu, nós também começamos a morrer de fome. Devorávamos tudo que encontrávamos pela frente: trapos, lascas de madeira, sapatos, procurávamos nos lixos. Mas os lixos estavam vazios. Em nossa cidade, havia 3 milhões de pessoas e todas queriam comer. E o inimigo nos mantinha sitiados para nos levar à morte. E morreríamos naquele inverno se não fosse o Peixe. Ele nos levou ao seu bando. Era um criminoso e um desertor. Tinha sido levado da prisão para um batalhão disciplinar, mas escapara. E no bando havia mais dois desertores, a mulher do Peixe e um engenheiro. Nosso bando vivia no porão de uma casa em ruínas. Tínhamos duas estufas e um fogão. Fazíamos almôndegas de cadáveres e a mulher do Peixe as trocava por pão na cidade. Dizia que trabalhava no restaurante do comitê do Partido. Que eram almôndegas de carne de cavalo e de coelho, feitas para os membros do comitê do Partido. De manhã cedo o Peixe nos acordava para nos mandar à procura de bundas de cadáveres. Ele próprio tinha medo de sair do porão. Pegávamos nossas mochilas escolares e partíamos em busca de cadáveres. Era um inverno muito frio. As pessoas estavam famintas e mal podiam caminhar. Morriam com frequência, ali mesmo, na rua. Então eu e meu irmão nos aproximávamos, cortávamos um pedaço de suas bundas e íamos embora. Eu tinha uma faca e meu irmão uma serra. Se o cadáver era fresco, eu cortava a bunda com minha faca. Mas, se já estava congelado, meu irmão serrava a carne. Cada um colocava uma me-

Dostoiévski-trip   71

tade de bunda em cada mochila e íamos em busca de outro cadáver. O Peixe determinou uma regra: duas bundas por dia. Não voltávamos sem as duas bundas. Uma vez nos enxotaram e levamos de volta só uma bunda e meia. O Peixe nos espancou. Depois desse dia, todos no bando nos chamavam de "bunda e meia". Mas certa vez nós conseguimos cinco bundas. E foi difícil levá-las até o porão. À noite em nosso porão havia muito trabalho: fazíamos almôndegas com as bundas. A carne era passada em um moedor, adicionávamos cola de caseína na carne moída para que as almôndegas não se desmanchassem, púnhamos sal, pimenta e as fritávamos em óleo de carro. As almôndegas ficavam bonitas. De manhã a mulher do Peixe saía para trocá-las e voltava à noite com pão e tabaco. Todos comiam pão com água quente e depois fumavam até vomitar. E uma vez meu irmão foi até o prédio vizinho para buscar uma agulha e não voltou. Não sei onde ele se meteu. Procurei-o durante três meses. Depois o cerco se rompeu. E um tio me levou para fora da cidade. E meu irmão nunca foi encontrado. Às vezes sonho o mesmo sonho: meu irmão me mostra uma agulha e diz: "Nesta agulha há 512 bundas. Nós não vamos morrer". Depois ele me pica com a agulha e eu acordo.

Todos se imobilizam em posições estranhas. O vendedor e o químico entram.

VENDEDOR
Veja só. De novo a mesma coisa. Terceira vez.

QUÍMICO (*aproxima-se, olha atentamente, empurra Homem 1 e Homem 1 cai. Empurra Mulher 1 e Mulher 1 cai*)
Pois é.

VENDEDOR

É a terceira vez. Não é o bastante pra você? Quer tentar uma quarta? Mas aí vamos ficar sem clientes.

QUÍMICO

Chega. (*Acende um cigarro*) Como diz meu chefe: a fase experimental está concluída. Agora podemos constatar com segurança que Dostoiévski em estado puro é mortal.

VENDEDOR

E o que fazer?

QUÍMICO

Precisamos diluir.

VENDEDOR

Com quê?

QUÍMICO (*refletindo*)

Bem, vamos tentar com Stephen King. E então veremos.

"A beleza salvará o mundo":
Vladímir Sorókin
e os dilemas da cena russa contemporânea

Arlete Cavaliere

Vladímir Sorókin pode ser considerado um dos mais representativos dramaturgos contemporâneos, integrando uma leva de escritores russos da atualidade que se convencionou chamar de "nova literatura russa", para não utilizar a expressão "pós-modernismo russo", conceituação bastante controversa para uma classificação adequada da produção literária russa, a partir principalmente da década de 1980.

Nascido em 1955 em Bykovo, perto de Moscou, Vladímir Gueórguievitch Sorókin faz operar na maioria de seus textos teatrais (e mesmo em grande parte de seus textos em prosa) procedimentos essenciais do fazer artístico contemporâneo: a "morte do autor", a emancipação do leitor, o fim da mímesis, a fragmentação, o sincretismo das formas, a metalinguagem, a ironia e outros elementos constitutivos que corroboram, no que se refere às práticas cênicas da modernidade, o questionamento de um teatro subordinado ao primado do texto e às categorias de imitação e ação.

Viktor Ierofiéiev, outro expressivo representante de toda uma geração de escritores, artistas e pensadores surgida na Rússia no final dos anos 1970, em um ensaio da década de 1990 intitulado "As flores do mal russas" ("Russkie tsvety zlá")[1] e dedicado à análise da literatura e da cultura russa

---

[1] Cf. Viktor Ierofiéiev, "Russkie tsvety zlá", em *Russkaia literatura*

contemporâneas, fará uso de uma imagem retirada do campo teatral ao denominar de "comédia stalinista" a representação encenada pelo regime soviético sobre um imenso palco da Eurásia e que teria despertado em seus espectadores sobreviventes (depois de caírem as cortinas, quando seu autor e encenador Stálin desaparece da cena em 1953) as impressões mais pessimistas e desesperançadas com relação à natureza humana. Segundo Ierofiéiev, contrariamente à ideologia soviética apoiada na recuperação "fantasista" de um pseudo-humanismo erigido por meio da encenação de um credo otimista e de uma espécie de "filosofia de esperança" — apropriação enviesada de uma filosofia (que alimentara o imaginário da tradição literária e cultural russa) e de uma visão de mundo própria da *intelligentsia* russa obstinada em assegurar a todo custo uma existência humana digna, mesmo em contingências históricas e sociais tão adversas como as da Rússia —, é justamente sob o regime soviético que essa tradição cara ao pensamento russo se desmantela e a vida humana se mostra em toda a sua baixeza, cinismo, abjeção, conformismo, hipocrisia e sadismo.

A tradição do pensamento, da literatura e da cultura russa clássica teria então recebido um golpe mortal. Essa espécie de repositório de um humanismo russo a ser defendido, mesmo quando o ser humano se submete às situações mais extremas e insuportáveis, entra definitivamente em colapso enquanto o "espetáculo" soviético caminha para o seu final.

A colisão entre um pseudo-humanismo oficial totalitarista e a busca desesperada (ou o "eterno retorno") de um humanismo liberal engendrará a filosofia do degelo da era Khruschov, na qual se fundamenta o imperativo de uma vol-

XX veka v zerkale kritike. Khrestomatia (A literatura russa do século XX no espelho da crítica. Antologia), São Petersburgo, Akademia, 2003, pp. 230-44.

ta às normas "autênticas" do humanismo, temática que alimentará toda uma geração de poetas e prosadores dos anos de 1960, tais como Vladímir Voinóvitch, Andrei Bítov, Fasil Iskander.

Mas a história da literatura e da arte soviéticas cultivada pelo regime soviético, quer em sua vertente oficial, quer na forma de uma oposição dissidente, entrará em crise com o colapso do regime, o qual em certa medida constituía a razão de ser de ambas as tendências, surgidas de uma mesma raiz.

É no bojo deste complexo entrelaçamento e esgotamento de dois adversários ideológicos (um humanismo oficial e um humanismo liberal), de que se nutre a cultura soviética nas décadas de 1960-1970, que se desenvolve a crise pós-moderna russa, a emoldurar no plano estético e artístico, já em meados dos anos de 1970, um importante movimento na literatura russa marcado pela emergência dos assim chamados "movimentos artísticos não conformistas", declaradamente não oficiais.[2]

Sorókin pertence a essa nova geração "revolucionária" de artistas, de certo modo ainda vigente na Rússia atual. Autor de romances, contos, textos teatrais e roteiros para cinema, Sorókin é considerado um escritor-conceitualista e se tornou um dos principais expoentes da literatura russa contemporânea em companhia de Viktor Ierofiéiev, Viktor Pe-

---

[2] Os termos "pós-moderno", "pós-modernismo" e "pós-modernidade" invadem a reflexão crítica tanto na Europa como no continente americano há mais de meio século. Na Rússia, especialmente nos anos 1990, tornam-se palavras-chave do discurso crítico, embora o fenômeno pós-moderno esteja muito mais vinculado à cultura do ocidente nos EUA e na Europa, à era pós-industrial e ao declínio do capitalismo. Basta lembrar do texto clássico sobre o tema de Fredric Jameson, *Pós-modernismo: a lógica cultural do capitalismo tardio*, São Paulo, Ática, 2004.

Posfácio

liévin, Dmítri Prígov e Liudmila Petruchévskaia, para citar apenas alguns.

O avanço de um novo paradigma cultural vem acompanhado assim pela concomitante desintegração do sistema socialista. E, uma vez mais na Rússia, o desenvolvimento sincrônico da história e da cultura é responsável pela irrupção de um universo artístico-literário, que acentua agora o fim da lógica da causa e efeito, imposto pelo mundo soviético que o antecedera.

A transformação profunda na representação do mundo pelos artistas russos contemporâneos leva, sobretudo, a um esvaziamento da ideologia soviética, destituindo-a de seus significados e de seus dogmas, fazendo uso ao mesmo tempo de seus clichês para desmontar as verdades e os cânones por ela consagrados e solidificados durante anos na consciência russa.

Essa geração de escritores, da qual Sorókin faz parte, evidencia, portanto, uma produção artística distante do *sovietismo* então vigente, mas, ao invés de *antissoviética*, ela se mostra muito mais *a-soviética*, pois desconfia também da literatura soviética dissidente, a qual, segundo lhe parece, embora resista ao conformismo literário vigente, apresenta os mesmos critérios estéticos pautados pela representação realista.

Certamente, um movimento cultural de tal magnitude e complexidade, conformado por sucessivos desvios de rumo, embates, debates e nuances por parte da crítica, produzirá no plano estético, filosófico e ideológico estratégias artísticas múltiplas, ainda em plena expansão na última década. Um enfoque analítico conclusivo ou totalizante se torna, portanto, uma tarefa temerária, porque qualquer aproximação investigativa carece ainda do necessário distanciamento histórico.

Ora, de certa forma, toda a experimentação da linguagem que daí provém nos remete aos procedimentos estéticos efetuados pelas vanguardas russas nas duas primeiras décadas do século XX: o futurismo russo, as experiências da linguagem transmental do Zaum,[3] a arte como procedimento proposta pelos formalistas russos, as múltiplas experiências com a materialidade do signo e a consequente aniquilação do sentido. E talvez, por isso mesmo, alguns críticos tendam a denominar essa nova poética contemporânea de representação como "segunda vanguarda russa" ou "geração pós-vanguarda".[4]

É verdade que essa nova geração de escritores russos, com suas narrativas ilógicas, muitas vezes saídas do mundo *underground*, do *nonsense*, do absurdo, repletas de experimentações linguísticas e discursivas, que violentam a língua russa com o emprego de inúmeros neologismos ou expressões grosseiras retiradas do jargão mais baixo, muitas vezes obscenas e que, certamente, alimentam um pensamento filosófico embasado na ideia da negação de qualquer verdade absoluta, nos reenviam à mesma violência estética que marca os vários movimentos artísticos das primeiras décadas do século XX na Rússia pré e pós-revolucionária. Mas o que se coloca agora sob questão não é mais o "novo homem sovié-

---

[3] Conceito que designa a linguagem experimental ("transmental") desenvolvida pelos poetas cubo-futuristas russos Velímir Khliébnikov e Aleksei Krutchônikh, baseada na articulação informe de vocábulos inexistentes e de tramas fonéticas abstratas, por meio de combinações bizarras de sons e nexos arbitrários, levando, assim, ao extremo a experiência sonora com a língua russa.

[4] Cf. especialmente Mikhail Epstein, Alexander Genis e Slobodanka Vladiv-Glover, *Russian Postmodernism: New Perspectives on Post-Soviet Culture*, Nova York, Berghahn Books, 1999, um denso e acalentado estudo em que os teóricos procuram cercar o debate sobre a natureza do pós-modernismo na Rússia, no que se refere, em particular, à discussão sobre a filiação deste movimento como processo de continuidade da tradição modernista da década de 1920 ou, ao contrário, como resposta à tendência predecessora mais imediata, isto é, o realismo socialista.

Posfácio

tico", mas o ser humano enquanto tal: o amor, a infância, a fé, a Igreja, a beleza, a honra e mesmo a sabedoria popular estão agora sob a mira de uma descrença absoluta, a colocar um ponto final nas ilusões do populismo vigente durante o período soviético. Uma reação brutal, sem dúvida, ao mesmo tempo contra a realidade degradada e contra o moralismo excessivo que desde sempre sufocara a cultura russa. Uma avaliação corrente dessa *intelligentsia* mais radical salienta que a sociedade russa cultivada recebera tal dose de predicação literária, que acabou por sofrer de uma espécie de hipertensão moral ou hipermoralismo.

Daí resulta certamente o surgimento de personagens desprovidos de biografias coerentes, cuja psicologia é substituída pela psicopatologia: loucos, doentes mentais, perversos sexuais, depravados, torturadores, drogados metaforizam não mais a vida no Gulag — é a própria Rússia em decomposição que se torna metáfora da vida.

A transformação profunda na representação do mundo pelos artistas russos contemporâneos, plasmada ora como processo de continuidade da tradição modernista em seu diálogo com as vanguardas dos anos 1920 ou com os *oberiuty*,[5] ora como resposta ou mesmo decorrência do realismo socialista e de todo o passado histórico e cultural russo (como quer Mikhail Epstein), empreende, sobretudo, a desconstrução da ideologia soviética, destituindo-a de seus significados e de

---

[5] Grupo OBERIU (*Obedinenie Reálnovo Iskússtva*: União da Arte Real), surgido em Leningrado em 1927, tendo Daniil Kharms como expoente maior, e cuja proposta essencial centra-se na revisão paródica dos princípios constitutivos da arte da primeira vanguarda, sobretudo a arte futurista. As frequentes variações do tema, por exemplo, da vida após a morte, da vida eterna ou da regeneração futura do mundo por meio de um "segundo nascimento", tema caro a Maiakóvski, seriam retomadas pelos *oberiuty*, submetidas, porém, a uma revisão paródica e intertextual com relação aos primeiros futuristas.

seus dogmas, fazendo uso ao mesmo tempo de seus clichês para desmontar as verdades e os cânones por ela consagrados e solidificados durante anos na consciência russa.

Pode-se dizer que um dos procedimentos estéticos comuns a esses escritores se constitui na utilização quase obsessiva da intertextualidade e, principalmente, de citações e referências, muitas vezes explícitas, a textos clássicos da literatura russa.

No caso específico de Sorókin, observam-se diferentes procedimentos intertextuais, desde citações diretas até estilizações em seus mais variados graus. Já se disse que Sorókin constrói por meio da "desconstrução" de textos clássicos uma espécie de "poética da revolta". E também que os seus textos não oferecem ao leitor/espectador a chave para a compreensão do texto original. Trata-se com frequência de uma determinada postura ideológica e metatextual: apontar a hierarquia existente e a relação entre a literatura clássica e a literatura contemporânea, numa clara rejeição ao cânone literário e ao caráter totêmico a que muitos escritores clássicos tinham sido alçados pela tradição literária.[6] Daí a presença em seus textos de uma recorrente banalização da escrita resultante da impotência da linguagem diante do esvaziamento da discursividade política e ideológica que impregnara a literatura e a visão de mundo do homem russo contemporâneo.

Dostoiévski-trip de Vladímir Sorókin[7] parece ilustrar esse procedimento estético e artístico, que toca basicamente

---

[6] Cf., a propósito, Alexander Genis, "Postmodernism and Sots-Realism: From Andrey Sinyavsky to Vladimir Sorokin", em Mikhail Epstein, Alexander Genis, Slobodanka Vladiv-Glover, *Russian Postmodernism: New Perspectives on Post-Soviet Culture*, cit.

[7] Cf. a edição completa de seus textos teatrais: Vladímir Sorókin, *Kapital: polnoe sobranie pies* [O Capital: peças reunidas], Moscou, I. P. Bogat, 2007.

Posfácio

em uma das questões fundamentais da estética contemporânea e que diz respeito ao fenômeno da intertextualidade, essa espécie de ícone da contemporaneidade, que visa a recepção quase sempre interveniente do leitor/espectador e o processo mesmo de leitura/feitura da obra. A peça foi publicada em 1997 e encenada em Moscou no Teatro Iugo-Zapad em 1999, e também nos Estados Unidos, em Chicago, no Teatro Elephant Man, em 2003.

Embora o título faça referência imediata a um dos mais expressivos autores russos do século XIX, não aparecem de forma evidente no texto de Sorókin, pelo menos de início, possíveis relações à pessoa ou ao universo literário de Fiódor Dostoiévski.

A peça se abre com a espera aflitiva de sete personagens (cinco homens e duas mulheres, denominados Homem 1, Homem 2, Homem 3, Homem 4, Homem 5, Mulher 1 e Mulher 2) pela chegada iminente de alguém que se saberá no decorrer da primeira parte do texto tratar-se de um vendedor ou traficante de drogas, já um tanto atrasado. A falta do entorpecente submete estes narcodependentes a uma insuportável angústia que os leva, no primeiro momento do texto (escrita em um único ato, a ação dramática da peça pode ser dividida em três momentos distintos), a uma discussão quase alucinada. Por meio de diálogos rápidos e muito ágeis, os personagens referem incessantemente nomes de escritores da literatura russa e mundial: Genet, Céline, Sartre, Faulkner, Hemingway, Kafka, Joyce, Flaubert, Dickens, Thackeray, Beckett, Maupassant, Stendhal misturam-se em uma conversa um tanto cifrada aos nomes de Tolstói, Gógol, Górki, Tchékhov, Kharms, Nabókov, Búnin, Biéli.

Percebe-se, mesmo antes da chegada do traficante, que essas referências, destituídas de todo o sentido e valor culturais, constituem apenas nomes de estranhas substâncias. As alusões adensadas no decorrer do texto nos remetem à ideia de que esses drogados vivem em um mundo submetido à ação narcótica da literatura. Os escritores citados constituem objetos de compra e venda, sem qualquer outro valor que não seja o do prazer passageiro.

Não se trata, portanto, do valor da literatura ou do texto literário como tal, e sim da transformação desses consagrados ícones culturais em simples pílulas ou qualquer outra substância narcótica, que concorrem assim para a "desmaterialização" dos escritores e das suas respectivas obras literárias e para a consequente destruição de todo o valor metafórico, limitados, portanto, tão somente ao estatuto de "coisas". Esse processo de "coisificação" da literatura manifestado pelos personagens de Sorókin timbra em salientar que livros e autores consagrados surgem agora não como conteúdo estético ou espiritual, mas como simples meio de se atingir alguma sensação física ou fisiológica concreta.

Alguns exemplos são esclarecedores:

HOMEM 2 (*em tom de censura*)

Meus amigos! Mas pra que transformar esse nosso encontro em algo... desagradável? Nós nos reunimos aqui por livre e espontânea vontade, quer dizer, para... conseguir... bem, quero dizer, um barato coletivo. Então vamos esperar tranquilamente para que todos, isto é, para que possamos chegar juntos até o fim. Então, vamos nos amar.

MULHER 2

Amar... vai se foder! Eu já estou sem uma dose há duas horas, e ele quer... amar!

HOMEM 2

O amor faz milagres.

Posfácio

HOMEM 3

Mas com o que ele está pirando?

MULHER 1

Tolstói?

HOMEM 1 (*malicioso*)

Uma porcaria qualquer. Deus me livre e guarde!
Tolstói! (*Ri*) Me dá arrepios só de pensar.

HOMEM 2

Não gostou, meu caro?

HOMEM 1

Não gostei? (*Ri*) Como é que se pode gostar disso?
Tolstói! Há três anos, eu e um cara descolamos uma
grana, e então demos uma boa relaxada em Zurique:
primeiro Céline, Klossowski, Beckett, e depois como
sempre algo mais leve: Flaubert, Maupassant, Stendhal.
E no dia seguinte eu já acordei em Genebra. Mas em
Genebra a situação já era bem diferente de Zurique.

Todos concordam acenando com a cabeça.

HOMEM 1

Não espere muita variedade em Genebra. Vou caminhando e vejo uns negros. Chego perto do primeiro:
Kafka, Joyce. Depois do segundo: Kafka, Joyce. Do terceiro: Kafka, Joyce, Thomas Mann.

Todos fazem caretas.

HOMEM 1

Como sair dessa fissura? Será que nem Kafka? Che-

84   Arlete Cavaliere

go perto do último: Kafka, Joyce, Tolstói. O que é isto, pergunto? Uma coisa sensacional, ele diz. Então levei. No início, nada de especial. No gênero Dickens ou Flaubert com Thackeray. Depois ficou bom, bom mesmo, um barato, tão forte, intenso, potente, porra; mas no final, uma merda! Que merda! (*Faz careta*) Nem mesmo Simone de Beauvoir me deixou tão na merda como Tolstói. Saí me arrastando pela rua e peguei um Kafka. Melhorei um pouco. Fui ao aeroporto e em Londres, o nosso consagrado coquetel: Cervantes com Huxley — uma bomba! Depois um pouco de Boccaccio, um pouco de Gógol e saí dessa são e salvo!

HOMEM 2

Meu amigo. Provavelmente lhe deram uma falsificação.

MULHER 1

O verdadeiro é ainda pior.

HOMEM 3

É verdade. Apesar de que Thomas Mann é uma merda também. Como meu fígado doeu depois dele.

HOMEM 1

Uma metade de Kharms e ele melhora.

HOMEM 3

Bem, com Kharms tudo cai bem. Até Górki.

HOMEM 4

Quem é que se lembrou de Górki?

Posfácio

HOMEM 3

Eu? E daí?

HOMEM 4

Não me fale dessa merda. Fiquei com ele uns seis meses.

MULHER 1

Por que diabos?

HOMEM 4

Eu não tinha dinheiro. Então fiquei com aquela merda mesmo.

MULHER 1

Sinto muito.

HOMEM 4

E por acaso você não está curtindo Tchékhov?

MULHER 1 (*contorcendo-se penosamente*)

Não. Nabókov.

Todos olham para ela.

MULHER 2

Mas é absurdamente caro!

MULHER 1

Mas eu tenho condições.

MULHER 2

E de que jeito. Você. Da fissura. Sai?

MULHER 1

É meio difícil. No início é melhor meia dose de Búnin, depois meia dose de Biéli, e no final um quarto de Joyce.

MULHER 2

Ah! Nabókov! É absurdamente caro (*balança a cabeça*). Supercaro. Com uma dose de Nabókov a gente pode comprar umas quatro de Robbe-Grillet e umas dezoito de Nathalie Sarraute. Simone de Beauvoir, então...

Os personagens, como se vê, "absorvem" esses grandes nomes do universo literário, destituindo-os de todo e qualquer prazer estético, mas dotando-os, isto sim, de um profundo gozo físico e corporal.

O traficante ao chegar oferece então para o deleite instantâneo e coletivo desses sete personagens um novo experimento, uma droga inusitada chamada "Dostoiévski". E tão logo eles ingerem as pílulas, se transformam imediatamente em personagens do romance *O idiota*.

A viagem (*trip*) começa. Abre-se um segundo momento do texto: homens e mulheres da primeira parte desaparecem para se transformarem nos heróis dostoievskianos. Entram em cena: Nastácia Filíppovna, o príncipe Mychkin, Ippolit, Gânia Ívolguin, Vária Ívolguina, Liébedev e depois Rogójin.

Há, certamente, no texto um movimento no sentido da estilização ou, talvez, de uma espécie de adaptação do texto dostoievskiano à *poiesis* contemporânea. Os traços psicológicos característicos dos personagens de *O idiota* de Dostoiévski estão evidenciados no texto de Sorókin, mas o leitor/ espectador logo se dá conta de que não se encontra diante dos clássicos heróis da literatura russa, mas de caricaturas, ou melhor, de hipertrofias grotescas desses caracteres. Suas

Posfácio

tendências psicológicas surgem agigantadas, acentuando-se a monstruosidade de suas obsessões e perversões.

Rogójin, por exemplo, surge como uma espécie de máquina erótica a expor uma corporalidade incontrolável, quase abjeta, diante da incontornável impotência sexual e da sua busca desesperada pela ereção. Vária, heroína positiva em Dostoiévski, nutre um amor desvairado pelo irmão. E o príncipe Mychkin constitui no texto de Sorókin a figuração obsessiva do amor ao próximo. As características dos personagens são, assim, levadas ao paroxismo do absurdo e da loucura. O dramaturgo realiza uma descentralização dos heróis dostoievskianos, como que os torcendo pelo avesso, revirando-os pelo efeito de uma outra ótica, uma nova lente discursiva que a todos deforma. Até mesmo Mychkin, este Cristo ideal de Dostoiévski, parece submeter-se a esse olhar contemporâneo desfigurador. Ippolit, por exemplo, grita em certo momento: "Na minha associação Juventude e Saúde ensinarei tudo às crianças! Mas a coisa mais importante que lhes ensinarei é a valorizar a juventude e preservar a saúde! A cultura do corpo saudável é uma coisa formidável!".

Essa releitura paródica dos heróis dostoievskianos proposta por Sorókin parece apontar, num primeiro momento, para um afastamento irônico, em tom de derrisão, daqueles protótipos bem enraizados especialmente na cultura russa e tornados ícones da literatura clássica russa e da literatura do período soviético.

Os personagens de Sorókin movem-se como sombras, verdadeiros espectros que parecem duplos dos heróis de Dostoiévski. Irrompe um outro universo destituído de valores morais e espirituais, em que o dinheiro (representado, em particular, por Nastácia Filíppovna), a sexualidade desvairada, as obscenidades discursivas pautam relações humanas movidas pelo absurdo e pelo *nonsense* e marcadas por uma existência vazia e sem sentido.

Sorókin se vale de uma das cenas mais emblemáticas de Dostoiévski: aquela que acontece no capítulo XVI de *O idiota*, espécie de epílogo da primeira parte do romance, no qual um agrupamento de personagens é levado ao êxtase e ao desespero diante da ação tresloucada da anfitriã Nastácia Filíppovna, que durante uma festa lança uma enorme quantidade de dinheiro ao fogo. Por meio de uma analogia desestruturadora, que desconstrói em tom grotesco e ridicularizador o êxtase catártico dos heróis dostoievskianos, Sorókin leva ao paroxismo a fragmentação daqueles seres, postos agora em derrisão e que depois de tomarem vinho e champanhe, se exaltarem, espalharem e queimarem dinheiro na casa de Nastácia Filíppovna (como fazem os heróis dostoievskianos no romance),[8] de súbito abandonam o mundo dostoievskiano para, supostamente devido ao enfraquecimento do efeito da droga, de novo reaparecerem em cena desprovidos de nomes, mas desta feita com identidades mais definidas, dando início ao terceiro e conclusivo momento do texto. Os anti-heróis de Sorókin retornam da viagem-delírio e voltam a ser aqueles mesmos seres incógnitos. Todavia não emergem desta viagem dostoievskiana da mesma forma como se apresentam na primeira parte do texto, antes da dose. Passam agora a contar suas histórias de vida em longos monólogos, sofridas rememorações em delírio contínuo, como uma espécie de catarse psicanalítica, repletas de infortúnios, violência, canibalismo, incestos vividos por seres agônicos, amesquinhados e desarticulados, presas de um mundo insondável e caótico, que faz ressoar aquela nota de amargura do mundo dostoievskiano com violência e desespero multiplicados.

Uma última rememoração é relatada pelo personagem Homem 5. Ao final, todos os personagens se imobilizam e se

---

[8] Cf. Fiódor Dostoiévski, *O idiota*, tradução de Paulo Bezerra, São Paulo, Editora 34, 2008, pp. 198-208.

mantêm congelados em seus gestos e posições. De novo entram em cena o traficante e um químico, em cujo diálogo, a fazer alusão à morte de todos os personagens, ecoa o epílogo da peça:

> QUÍMICO
> Chega. (*Acende um cigarro*) Como diz meu chefe: a fase experimental está concluída. Agora podemos constatar com segurança que Dostoiévski em estado puro é mortal.

> VENDEDOR
> E o que fazer?

> QUÍMICO
> Precisamos diluir.

> VENDEDOR
> Com quê?

> QUÍMICO (*refletindo*)
> Bem, vamos tentar com Stephen King. E então veremos.

Estaria nesta conclusão profundamente irônica a ideia essencial da peça de Sorókin de que o homem contemporâneo não pode suportar Dostoiévski? Ou que Dostoiévski seria uma dose mortal para o mundo contemporâneo, cuja ótica não mais admite os valores morais, religiosos e espirituais da literatura clássica?

Em última análise, a filosofia de Dostoiévski, expressa pela voz do príncipe Mychkin, "a beleza salvará o mundo", se encontra aqui destronada por via de um agudo deslocamento temporal. Neste aparente processo de desconstrução do texto dostoievskiano efetivado por Sorókin à moda pós-estruturalista, surge em paralelo o questionamento da ideia da tradição como repetição, com o intuito, talvez, de recuperá-la como elemento crítico do tempo presente. Em lugar da fixação de um modelo geral, a instabilidade ou a estabilização precária em estruturas parciais de enunciação apontam para a concepção da realidade como um conjunto de sistemas instáveis.

É certo que, em uma primeira leitura de *Dostoiévski-trip*, surgem os traços essenciais daquilo que hoje se convencionou chamar de pós-modernismo ou, no âmbito mais específico das artes cênicas, de "pós-dramático", conceitos-chave que buscam compreender a simultaneidade de canais de enunciação e a pluralidade de significados da arte e do teatro contemporâneo, certamente tendências-rótulo que tentam abarcar a radical e convulsiva pluralidade de manifestações artísticas de nossa época.[9]

---

[9] O conceito de "pós-dramático" foi elaborado pelo teórico alemão Hans-Thies Lehmann e explicitado em seu livro *Postdramatisches Theater* (Frankfurt a.M., Verlag der Autoren, 1999; edição brasileira: *Teatro pós-dramático*, tradução de Pedro Süssekind, São Paulo, Cosac Naify, 2007). O estudioso configura este conceito levando em conta o aspecto multifacetado da cena contemporânea, em particular, aquela dos anos 1970-1990, que põe em questão a reprodução da realidade e da sua totalidade expressa pela vigência do teatro dramático ou do também chamado "drama burguês". O teatro pós-dramático, alinhado a outras práticas artísticas de nossa contemporaneidade (o cinema, as artes plásticas, a dança, a performance, o vídeo etc.) e incorporando muitos de seus procedimentos estéticos, adota uma estratégia poética que busca afirmar a sua própria constituição como linguagem do fragmentário (em oposição à estruturação do sentido único e totalizante), contrapondo-se, assim, ao princípio de mimese da ação e não se sujeitando, portanto, à lógica da representação. Cf. também a propósito Jacó Guinsburg e Sílvia Fernandes (orgs.), *O pós-dramático*, São Paulo, Perspectiva, 2008. Cf. também, Sílvia Fernandes, *Teatralidades contemporâneas*, São Paulo, Perspectiva, 2010.

Em primeiro lugar, a morte do sujeito-autor como único domínio da literatura parece metaforizada nesta peça, na medida em que a ideia e os significados expressos pelo autor literário não mais representam hoje o fundamento do texto literário. O texto pós-modernista (pós-dramático) tem vida própria, independente, uma escritura-artefato em que o autor parece desaparecer como único portador de ideias e verdades, preferindo fazer o seu leitor/espectador se confrontar com associações diferenciadas, citações e referências a outras obras, outros autores e a todo o amplo fenômeno da cultura. Daí a presença marcante da intertextualidade acompanhada não raro da ironia, da paródia, do humor, da metalinguagem e da colagem, a mirar com frequência a interpenetração e a pluralidade de discursos armazenados pela história da cultura.

Dessa forma, pode-se cogitar que a resposta da pós-modernidade à modernidade consiste na convicção de que não sendo possível destruir o passado, porque isto significaria o silêncio eterno (como parece aludir a morte dos personagens no desfecho da peça de Sorókin), este deve ser tratado de forma nova. Diluir com a literatura massificada de Stephen King? Eis a interrogação provocadora de Sorókin na conclusão da peça, plasmada em ironia conscientemente não inocente, isto é, como "irônica transcontextualização",[10] na qual subsistem uma inversão e uma repetição com diferença crítica. Este processo aponta para uma releitura do texto clássico, situando-o em um contexto metadiscursivo para colocá-lo em evidência, mas segundo um refuncionamento das formas

---

[10] A expressão é de Linda Hutcheon em *A Theory of Parody: The Teachings of Twentieth-Century Art Forms*, Londres, Methuen and Co., 1985 (edição portuguesa: *Uma teoria da paródia: ensinamentos das formas da arte do século XX*, tradução de Teresa Louro Pérez, Lisboa, Edições 70, 1989).

do passado, ao mesmo tempo, dentro de um processo de construção e de desconstrução.

No texto de Sorókin estão implícitos um distanciamento crítico e uma sobreposição estrutural de textos que indicam uma reapropriação dialógica do passado. Esse movimento assinala a intersecção da criação e da recriação, da invenção e da crítica nela implícita e formula, afinal, um modo particular de consciência histórica que interroga, com seriedade, a forma criada perante os precedentes significantes. Trata-se por isso mesmo de focalizar um processo de continuidade estética e cultural, embora por meio de uma espécie de distância crítica instauradora da mudança.

Ora, um exame mais detido da tessitura desta peça parece demonstrar, no entanto, que esse processo de desconstrução, que marca boa parte da arte contemporânea, orientada com frequência à destruição ou mesmo à ridicularização de textos clássicos e a uma interveniente libertação provocadora das convenções dos textos clássicos da literatura (fenômeno caro à estética pós-modernista), mostra-se, no caso desta peça de Sorókin, um tanto problematizado.

Cabe aqui enunciar a especificidade não apenas de Sorókin, mas de vários autores e textos da literatura contemporânea russa, já muitas vezes enfatizada pela crítica russa,[11]

[11] Irina Iatsenko, estudiosa e especialista da literatura russa contemporânea, ao levar em conta a singularidade do movimento "pós-modernista russo" no final do século XX e início deste século, prefere considerar escritores como Venedikt Ierofiéiev, Tatiana Tolstaia, Viktor Ierofiéiev, Viktor Peliévin, Dmitri Prígov e outros, representantes da "prosa russa não tradicional" ou "literatura russa alternativa", em sua denominação. Cf. Irina Iatsenko, *Rússkaia ne traditsiónnaia proza* (A prosa russa não tradicional), São Petersburgo, Zlatoust, 2006. Cf. também I. S. Skoropánova, *Rússkaia postmodernístskaia literatúra: nóvaia filossófia, nóvyi iazýk* (A literatura pós-modernista russa: nova filosofia, nova linguagem), São Petersburgo, Niévski Prostor, 2001.

Posfácio

no que se refere especialmente ao tratamento e ao jogo intertextual (ainda que paródico) com relação aos textos clássicos da literatura russa. Tratar-se-ia, em última hipótese, menos de uma destruição derrisória do que um reencontro afirmativo com os grandes temas e os escritores do passado.[12]

Essa luta da literatura russa contemporânea pela "liberdade" de expressão, num afrontamento a temas, autores, obras e convenções da literatura clássica, adquire uma orientação bastante singular dentro do panorama do movimento do pós-modernismo ocidental. Embora na sociedade pós-soviética muitos autores russos tenham identificado na tarefa principal de "luta contra os clássicos" a própria demolição da autoridade como tal, reconhecendo na literatura clássica o discurso totalitário, que pautou por muito tempo as relações entre o estado e a arte na sociedade russo-soviética, observa-se, porém, sob a superfície dessa aparente dessacralização paródica, não exatamente um destronamento, mas sim a afirmação no reverso dessa irreverente tessitura dos autênticos valores de obras dessacralizadas pela contemporaneidade.

Parece ser o caso de Sorókin nesta peça teatral. O processo de destronamento do texto dostoievskiano vem acom-

---

[12] Cf. a propósito o ensaio de Viktória Kononova, "Svoboda i smysl v literature postmodernizma: analiz interteksta v piesse Vladímira Sorókina *Dostoevsky-trip*" (Liberdade e sentido na literatura do pós-modernismo: análise do intertexto na peça de Vladímir Sorókin *Dostoiévski-trip*), e também o de Anton Breiner, "Mekhanizm interteksta. Nikolai Koliada i Vladimir Sorókin: Klassítcheskie teksty na sovreménnoi stsene" (O mecanismo do intertexto. Nikolai Koliada e Vladímir Sorókin: textos clássicos na cena contemporânea), em *Ot "Igrokóv" do "Dostoevsky-trip": Interekstuálnost' v rússkoi dramaturguii XIX-XX vv* (De *Os jogadores* a *Dostoiévski-trip*: intertextualidade na dramaturgia russa dos séculos XIX-XX), Moscou, MGU, 2006.

panhado de uma espécie de condensação dos traços constitutivos da própria poética de Dostoiévski: a capacidade de expressar os desejos e paixões mais secretas de seus heróis, levando-os a situações-limite para, afinal, desvendar a verdade última, nem sempre positiva, dos seres humanos. Daí a frequente irrupção da crise, do escândalo, da confissão catártica, seguida muitas vezes de um momento de depressão e de uma espécie de epifania final.

Os três momentos do texto de Sorókin em sua estruturação mais profunda apresentam esses mesmos elementos essenciais, acentuando traços da filosofia de Dostoiévski: a compreensão ou o encontro com a verdade se opera por meio da "queda", do sofrimento e da exposição muitas vezes do lado mais sombrio da natureza humana.

Depreende-se, por esta ótica, uma leitura crítica que menos ridiculariza do que liberta o texto clássico dostoievskiano das convenções solidificadas, propiciando-lhe, ao contrário, novas e amplas aberturas, formatando-o no presente por meio de um jogo intertextual que revigora e restaura seus sentidos estéticos e espirituais mais profundos.

Assim, se na primeira parte da peça de Sorókin os personagens não agem, imobilizados pela falta dos "narcóticos literários", já na segunda parte, movidos pelo efeito da "droga-Dostoiévski" eles passam a ter nomes, personalidades, ação e vontade, ainda que como duplos dos heróis dostoievskianos. E na terceira parte, ainda sob o influxo-Dostoiévski, os personagens de Sorókin passam a apresentar até mesmo traços biográficos, como que se afastando daqueles seres-marionetes dependentes expostos no início da peça. Mas o efeito-Dostoiévski é mortal, os heróis de Sorókin morrem ao final da peça.

O texto-narcótico *O idiota* teria assim uma ação fulminante no homem contemporâneo. Ou, talvez, para que o homem contemporâneo possa suportar Dostoiévski, é pre-

Posfácio

ciso diluí-lo com a literatura de massa. O que pode parecer uma caçoada nesta peça, com relação à presença de Dostoiévski hoje, revela-se mais, por meio dessa visada irônica sobre o nosso tempo, no próprio reconhecimento do vigor estético de Dostoiévski, aqui reforçado (e não apenas destronado) pela utilização que dela faz Sorókin para a estruturação de seu texto.

Se a proposta pós-modernista e, mais ainda, a proposta pós-dramática apostam na deposição do modelo dramático, atacando um dos seus principais pilares (o texto e o primado do enredo), nesta peça, não nos defrontamos apenas com uma escritura que se auto-refere, mas, ao contrário, fazendo uso de associações intertextuais profundamente enraizadas na cultura russa, o texto se abre a questões filosóficas mais profundas, certamente captadas na poética dostoievskiana. No entanto, por via de uma releitura contemporânea, elas ressurgem aqui como forma essencial para a captação de nosso tempo, carente de valores humanos e espirituais.

Um profundo e sub-reptício dialogismo se estabelece com a máxima proferida pelo príncipe Mychkin e que se tornou emblemática como referência ao romance *O idiota*: "a beleza salvará o mundo".

A expressão aparece duas vezes no romance de Dostoiévski: no capítulo 5 da terceira parte na fala de Ippolit, citando os dizeres do príncipe de forma irônica:

> — Príncipe, é verdade que o senhor disse uma vez que a "beleza" salvará o mundo? Senhores — gritou alto para todos —, o príncipe afirma que a beleza salvará o mundo! Mas eu afirmo que ele tem essas ideias jocosas porque atualmente está apaixonado. Senhores, o príncipe está apaixonado; quando ele entrou há pouco eu me convenci disso. Não core, príncipe, vou sentir pena do senhor. Qual é a beleza que vai salvar o mundo?

Kólia me contou isso... O senhor é um cristão cioso?
Kólia afirma que o senhor mesmo se diz cristão.[13]

E também no capítulo 6 da quarta parte, referida por Agláia de modo não menos irônico em um de seus diálogos com o príncipe Mychkin:

> — Ouça de uma vez por todas — finalmente não se conteve Agláia —, se você começar a falar de alguma coisa como da pena de morte ou da situação econômica da Rússia, ou de que "a beleza salvará o mundo", eu... é claro, vou ficar contente e vou rir muito, mas eu o previno de antemão: não me apareça depois diante dos meus olhos! Está ouvindo: eu estou falando sério! Dessa vez eu estou falando sério mesmo![14]

Sorókin faz alusão ao embate do belo e do feio, à dialética estética que justapõe a beleza e a fealdade e que constitui a marca essencial da arte de nosso tempo. Ao apresentar nesta peça o monstruoso, o disforme, o massacre do gosto estético, o escritor faz reverberar um tempo presente de desagregação, a obsessão do narcisismo, um mundo de simulacro e a projeção especular de uma Rússia contemporânea desconstruída, desarticulada, em que os grandes temas dostoievskianos, que até então estruturaram a percepção do leitor da literatura clássica, se deixam desestetizar.

No entanto, é justamente por meio da estética do feio, da estética do anti-belo (ao mesmo tempo repulsiva e fascinante) proposta pelo texto de Sorókin e da profanação provocadora de tudo que é sagrado na tradição literária e cultu-

---

[13] Fiódor Dostoiévski, *O idiota*, tradução de Paulo Bezerra, São Paulo, Editora 34, 2008, p. 426.

[14] *Op. cit.*, p. 586.

Posfácio

ral, posta aqui em relevo na representação do imundo, do ignóbil, do libidinoso e da decomposição do humano (em oposição à celebração soviética do corpo belo, saudável, íntegro e atlético como único ideal coletivo), que o dramaturgo proclama a salvação do mundo. Como se ao clamar pela necessidade do belo pelo seu reverso, a estética do feio pudesse também tocar o absoluto e salvar o mundo por um caminho inverso àquele da tradição do belo, tradição essa que no desenvolvimento histórico de nossa cultura busca iluminar e orientar para o bem, para a harmonia e para a verdade, mas que se mostra impotente diante do mundo contemporâneo.

A fascinação contemporânea pelo feio implica, certamente, a ideia de destruição da harmonia pelo tempo e a irrupção da ruína e da morte. Em um excelente ensaio, o eslavista francês Georges Nivat[15] discute a questão da arte e da profanação do belo e identifica no adjetivo russo *uródlivy*, cujo significado é disforme, feio, monstruoso (do substantivo *uródstvo*: monstruosidade, deformidade, fealdade), a partícula "*u*", indicação da ideia de negatividade. O feio seria, portanto, o não belo, ou ainda o não fértil, pois *rod* significa fertilidade, nascimento, fé, donde a negação de *rod*, *(u)rod*, implicaria também a ideia de desgraça.

Essa estética do feio viria expressar em nossos dias, talvez, a revolta colérica e torturada (purgação?) diante da triste constatação de que a beleza não pode mais salvar o mundo e que resta ao feio ou ao anti-belo estabelecer um novo acordo de harmonia entre o mundo e o homem. Seria o feio capaz de conformar uma outra convenção para a apreensão do belo, do absoluto, apta a salvar o mundo? Seria esta a

---

[15] Cf. Georges Nivat, "Le salut par le beau, le salut par le laid: de Goya à Dadó, et de *L'idiot* aux *Bienveillantes*", em *Esprit — Revue Internationale*, nº 7, Paris, jul. 2009, pp. 58-69.

aposta de Sorókin e de grande parte da literatura contemporânea na Rússia?

Se na modernidade o alvo estivera centrado na inopinada busca da verdade definitiva por meio de uma dolorosa descoberta do eu (*self*), talvez em tempos de pós-modernidade a descoberta de que a verdade não existe conduza o sujeito a um encontro mais terrificante, não com o *self*, mas com o horror da ausência, com o vazio do eu e o simulacro da existência perante a afirmação da impotência do discurso na contemporaneidade.

Dostoiévski-trip parece expor um dos grandes paradoxos da pós-modernidade russa: descrente da genialidade criativa de sua geração, mas marcada por uma autoconsciência profunda e pela estratégia de uma radical subversão da linguagem, ela afirma aquilo que ela nega. Por via da farta utilização da ironia e mesmo do deboche como modo de produzir um efeito permanente de dubiedade e desconfiança com relação ao texto, Sorókin nega e afirma Dostoiévski, criando dessa forma um outro paradigma para a sua interpretação no mundo contemporâneo.

SOBRE O AUTOR

Vladímir Gueórguievitch Sorókin nasceu em 1955, na cidade de Bykovo, nos arredores de Moscou. Em 1977, graduou-se como engenheiro pelo Instituto Gúbkin de Óleo e Gás. Trabalhou durante um ano na revista *Smena* (Mudança), de onde teve de se retirar em virtude da recusa de tornar-se membro do Komsomol (União da Juventude Comunista).

Nos anos 1970, participou de diversas exposições de arte e trabalhou como desenhista e ilustrador em quase cinquenta livros. Sua atividade como escritor se desenvolveu entre artistas plásticos e escritores do mundo moscovita *underground* na década de 1980. Em 1985, alguns de seus contos apareceram em uma revista em Paris, e no mesmo ano seu romance *Ótchered'* (A fila) foi publicado, também na França.

Os textos de Sorókin foram banidos durante o regime soviético, e a primeira publicação de uma coletânea de seus contos só ocorreu em novembro de 1989, em uma revista literária de Riga, na Letônia. Logo depois, seus textos passaram a aparecer em revistas russas. Em 1992, foi publicada a primeira coletânea de contos em seu país, *Sbórnik rasskázov* (Contos escolhidos).

Nas últimas décadas, escreveu, além de peças — como *Rússkaia bábuchka* (A avó russa, 1988), *Iubilei* (Jubileu, 1993), *Dostoevsky-trip* (Dostoiévski-trip, 1997) e *S novym godom!* (Feliz ano novo!, 1998) —, diversos romances, entre eles *Roman* (1994), *Dien' oprítchnika* (O dia do oprítchnik, 2006) e a trilogia *Liod* (Gelo, 2002), *Put' Bro* (O caminho de Bro, 2004) e *23000* (2005). Manteve sempre um tom crítico em relação ao atual regime político da Rússia, postura essa que chegou a lhe render diversas ameaças. Atualmente, seus livros estão traduzidos para mais de vinte idiomas.

SOBRE A TRADUTORA

Arlete Cavaliere é professora titular de Teatro, Arte e Cultura Russa no curso de graduação e pós-graduação no Departamento de Letras Orientais da Faculdade de Filosofia, Letras e Ciências Humanas da Universidade de São Paulo. É mestre e doutora em Teoria Literária e Literatura Comparada pela mesma instituição, com pesquisas sobre a prosa de Nikolai Gógol e a estética teatral do encenador russo de vanguarda Vsiévolod Meyerhold. Organizou com colegas docentes da universidade publicações coletivas como a revista *Caderno de Literatura e Cultura Russa* (2004 e 2008) e os livros *Tipologia do simbolismo nas culturas russa e ocidental* (2005) e *Teatro russo: literatura e espetáculo* (2011). É autora de *O inspetor geral de Gógol/Meyerhold: um espetáculo síntese* (1996) e *Teatro russo: percurso para um estudo da paródia e do grotesco* (2009). Publicou diversas traduções, entre elas *O nariz e A terrível vingança*, de Gógol (1990), volume no qual assina também o ensaio "A magia das máscaras", e *Ivánov*, de Anton Tchekhov (1998, com Eduardo Tolentino de Araújo, tradução indicada ao Prêmio Jabuti). Pela Editora 34, publicou *Teatro completo*, de Gógol (2009, organização e tradução), *Mistério-bufo*, de Vladímir Maiakóvski (2012, tradução e ensaio), e *Dostoiévski-trip*, de Vladímir Sorókin (2014, tradução e ensaio), além de participar como tradutora da *Nova antologia do conto russo* (2011), escrever o texto de apresentação da coletânea *Clássicos do conto russo* (2015) e organizar a *Antologia do humor russo* (2018).

ESTE LIVRO FOI COMPOSTO EM SABON,
PELA BRACHER & MALTA, COM CTP DA
NEW PRINT E IMPRESSÃO DA GRAPHIUM
EM PAPEL PÓLEN SOFT 80 G/M² DA CIA.
SUZANO DE PAPEL E CELULOSE PARA A
EDITORA 34, EM JULHO DE 2020.